CLASSIQUES & CiE

Le Chef-d'œuvre inconnu (1831)

Sarrasine (1830)

Honoré de Balzac

Collection dirigée par
Marc Robert

Notes et dossier
Sylvie Pillu
agrégée de lettres modernes

HATIER

LIRE L'ŒUVRE

L'ŒUVRE DANS L'HISTOIRE

Conception graphique de la maquette : c-album, Jean-Baptiste Taisne, Rachel Pfleger
Principe de couverture : Double
Mise en pages : Chesteroc International Graphics
Suivi éditorial : Évelyne Brossier

ISBN : 2-218-75072-4

L'ŒUVRE DANS UN GENRE

VERS L'ÉPREUVE

ARGUMENTER, COMMENTER, RÉDIGER

LE CHEF-D'ŒUVRE INCONNU

À un Lord

. . . .
. . . .
. . . .
. . . .
. . . .

1845 [1]

I

Gillette

Vers la fin de l'année 1612, par une froide matinée de décembre, un jeune homme dont le vêtement était de très mince apparence se promenait devant la porte d'une maison située rue des Grands-Augustins, à Paris. Après avoir assez longtemps 5 marché dans cette rue avec l'irrésolution d'un amant qui n'ose se présenter chez sa première maîtresse, quelque facile qu'elle soit, il finit par franchir le seuil de cette porte, et demanda si maître François Porbus [2] était en son logis. Sur la réponse affirmative que lui fit une vieille femme occupée à balayer une salle 10 basse, le jeune homme monta lentement les degrés et s'arrêta de marche en marche, comme quelque courtisan de fraîche date

1. *À un lord* [...] *1845* : la dédicace à ce mystérieux lord anglais que la critique n'a pu identifier ainsi que la date apparaissent dans l'édition Furne de 1846. \ 2. *Maître François Porbus* : il s'agit du peintre Frans Porbus le Jeune (1570-1622), originaire d'Anvers et auteur notamment d'un portrait de Marie de Médicis (vers 1610) exposé au Louvre.

inquiet de l'accueil que le Roi va lui faire. Quand il parvint en haut de la vis[1], il demeura pendant un moment sur le palier, incertain s'il prendrait le heurtoir grotesque qui ornait la porte
15 de l'atelier où travaillait sans doute le peintre de Henri IV[2], délaissé pour Rubens[3] par Marie de Médicis[4]. Le jeune homme éprouvait cette sensation profonde qui a dû faire vibrer le cœur des grands artistes, quand, au fort de[5] la jeunesse et de leur amour pour l'art, ils ont abordé un homme de génie ou quelque
20 chef-d'œuvre. Il existe dans tous les sentiments humains une fleur primitive, engendrée par un noble enthousiasme qui va toujours faiblissant, jusqu'à ce que le bonheur ne soit plus qu'un souvenir et la gloire un mensonge. Parmi nos émotions fragiles, rien ne ressemble à l'amour comme la jeune passion d'un artiste
25 commençant le délicieux supplice de sa destinée de gloire et de malheur, passion pleine d'audace et de timidité, de croyances vagues et de découragements certains. À celui qui, léger d'argent, qui, adolescent de génie, n'a pas vivement palpité en se présentant devant un maître, il manquera toujours une corde
30 dans le cœur, je ne sais quelle touche de pinceau, un sentiment dans l'œuvre, une certaine expression de poésie. Si quelques fanfarons bouffis d'eux-mêmes[6] croient trop tôt à l'avenir, ils ne sont gens d'esprit que pour les sots. À ce compte, le jeune inconnu paraissait avoir un vrai mérite, si le talent doit se mesurer
35 sur cette timidité première, sur cette pudeur indéfinissable que les gens promis à la gloire savent perdre dans l'exercice de leur art, comme les jolies femmes perdent la leur dans le manège de

1. *Vis :* escalier tournant autour d'un axe. \ **2.** *Henri IV :* roi de France de 1589 jusqu'à son assassinat par Ravaillac en 1610. \ **3.** *Rubens :* il s'agit du peintre flamand Pierre Paul Rubens (1577-1640). \ **4.** *Marie de Médicis :* née en 1573 et morte en 1642, femme de Henri IV et mère de Louis XIII, elle règne sur la France pendant la minorité de ce dernier. Balzac commet ici un anachronisme, puisque les grandes commandes royales datent seulement de 1620. \ **5.** *Au fort de :* au cœur de, au milieu de. \ **6.** *Bouffis d'eux-mêmes :* qui ont une trop grande idée d'eux-mêmes.

la coquetterie. L'habitude du triomphe amoindrit le doute, et la pudeur est un doute peut-être.

40 Accablé de misère et surpris en ce moment de son outrecuidance, le pauvre néophyte ne serait pas entré chez le peintre auquel nous devons l'admirable portrait de Henri IV [1], sans un secours extraordinaire que lui envoya le hasard. Un vieillard vint à monter l'escalier. À la bizarrerie de son costume, à la magni-45 ficence de son rabat [2] de dentelle, à la prépondérante sécurité de sa démarche, le jeune homme devina dans ce personnage ou le protecteur ou l'ami du peintre. Il se recula sur le palier pour lui faire place, et l'examina curieusement, espérant trouver en lui la bonne nature d'un artiste, ou le caractère serviable des gens 50 qui aiment les arts ; mais il y avait quelque chose de diabolique dans cette figure, et surtout ce *je ne sais quoi* qui affriande [3] les artistes. Imaginez un front chauve, bombé, proéminent, retombant en saillie sur un petit nez écrasé, retroussé du bout comme celui de Rabelais [4] ou de Socrate [5] ; une bouche rieuse et ridée, 55 un menton court, fièrement relevé, garni d'une barbe grise taillée en pointe ; des yeux vert de mer, ternis en apparence par l'âge, mais qui, par le contraste du blanc nacré dans lequel flottait la prunelle, devaient parfois jeter des regards magnétiques au fort de la colère ou de l'enthousiasme. Le visage était 60 d'ailleurs singulièrement flétri par les fatigues de l'âge, et plus encore par ces pensées qui creusent également l'âme et le corps. Les yeux n'avaient plus de cils, et à peine voyait-on quelques traces de sourcils au-dessus de leurs arcades saillantes. Mettez cette tête sur un corps fluet et débile [6], entourez-la d'une dentelle 65 étincelante de blancheur et travaillée comme une truelle à

1. *L'admirable portrait de Henri IV :* Porbus est effectivement l'auteur d'un célèbre portrait en pied de Henri IV, qui se trouve au Louvre. \ **2.** *Rabat :* grand col rabattu. \ **3.** *Affriande :* attire, met en appétit. \ **4.** *Rabelais :* écrivain français (1494-1553). \ **5.** *Socrate :* philosophe de l'Antiquité grecque (Ve siècle av. J.-C.), réputé pour son esprit et pour sa laideur. \ **6.** *Débile :* d'apparence faible (sens étymologique).

poisson, jetez sur le pourpoint[1] noir du vieillard une lourde chaîne d'or, et vous aurez une image imparfaite de ce personnage auquel le jour faible de l'escalier prêtait encore une couleur fantastique. Vous eussiez dit une toile de Rembrandt[2] marchant silencieusement et sans cadre dans la noire atmosphère que s'est appropriée ce grand peintre. Il jeta sur le jeune homme un regard empreint de sagacité, frappa trois coups à la porte, et dit à un homme valétudinaire[3], âgé de quarante ans environ, qui vint ouvrir : « Bonjour, maître. »

Porbus s'inclina respectueusement, il laissa entrer le jeune homme en le croyant amené par le vieillard et s'inquiéta d'autant moins de lui que le néophyte demeura sous le charme que doivent éprouver les peintres-nés à l'aspect du premier atelier qu'ils voient et où se révèlent quelques-uns des procédés matériels de l'art. Un vitrage ouvert dans la voûte éclairait l'atelier de maître Porbus. Concentré sur une toile accrochée au chevalet, et qui n'était encore touchée que de trois ou quatre traits blancs, le jour n'atteignait pas jusqu'aux noires profondeurs des angles de cette vaste pièce ; mais quelques reflets égarés allumaient dans cette ombre rousse une paillette argentée au ventre d'une cuirasse de reître[4] suspendue à la muraille, rayaient d'un brusque sillon de lumière la corniche sculptée et cirée d'un antique dressoir[5] chargé de vaisselles curieuses, ou piquaient de points éclatants la trame grenue de quelques vieux rideaux de brocart d'or, aux grands plis cassés, jetés là comme modèles. Des écorchés[6] de plâtre, des fragments et des torses de déesses antiques, amoureusement polis par les baisers des siècles, jonchaient les tablettes et les consoles. D'in-

1. *Pourpoint :* manteau. \ **2.** *Rembrandt :* peintre hollandais (1606-1669) célèbre pour sa technique du clair-obscur. \ **3.** *Valétudinaire :* de santé fragile (du latin *valetudo*, état de santé). \ **4.** *Reître :* guerrier à cheval. \ **5.** *Dressoir :* vaisselier, buffet servant à ranger la vaisselle. \ **6.** *Écorché :* statue d'un homme dépouillé de sa peau, utilisée comme modèle en peinture.

nombrables ébauches, des études[1] aux trois crayons[2], à la
95 sanguine[3] ou à la plume, couvraient les murs jusqu'au plafond. Des boîtes à couleurs, des bouteilles d'huile et d'essence, des escabeaux renversés ne laissaient qu'un étroit chemin pour arriver sous l'auréole que projetait la haute verrière, dont les rayons tombaient à plein sur la pâle figure de Porbus et sur le
100 crâne d'ivoire de l'homme singulier. L'attention du jeune homme fut bientôt exclusivement acquise à un tableau qui, par ce temps de trouble et de révolutions[4], était déjà devenu célèbre, et que visitaient quelques-uns de ces entêtés auxquels on doit la conservation du feu sacré pendant les jours mauvais.
105 Cette belle page représentait une *Marie égyptienne*[5] se disposant à payer le passage du bateau. Ce chef-d'œuvre, destiné à Marie de Médicis, fut vendu par elle aux jours de sa misère.

« Ta sainte me plaît, dit le vieillard à Porbus, et je te la paierais dix écus d'or au-delà du prix que donne la reine ; mais aller
110 sur ses brisées[6] ?... du diable[7] !

– Vous la trouvez bien ?

– Heu ! heu ! fit le vieillard, bien ; oui et non. Ta bonne femme n'est pas mal troussée[8], mais elle ne vit pas. Vous autres, vous croyez avoir tout fait lorsque vous avez dessiné correctement une
115 figure et mis chaque chose à sa place d'après les lois de l'anatomie ! Vous coloriez ce linéament[9] avec un ton de chair fait d'avance sur votre palette en ayant soin de tenir un côté plus sombre que l'autre, et parce que vous regardez de temps en

1. *Études* : dessins préparatoires, esquisses. \ **2.** *Trois crayons* : combinaison de trois techniques pour le dessin : pierre noire, sanguine et craie blanche. \ **3.** *Sanguine* : crayon d'un rouge orangé. \ **4.** *Par ce temps* [...] *de révolutions* : après l'assassinat de Henri IV en 1610, la régence de Marie de Médicis et Concini est une époque de troubles et d'instabilité. \ **5.** *Marie égyptienne* : prostituée d'Alexandrie qui, selon la légende, en route pour Jérusalem, paya sa traversée en s'offrant au batelier. On connaît un dessin de Poussin représentant la sainte. \ **6.** *Aller sur ses brisées* : lui faire concurrence dans un domaine qu'elle s'était réservé (Frenhofer hésite à proposer le rachat d'une toile déjà commandée par la reine). \ **7.** *Du diable !* : sûrement pas ! \ **8.** *Troussée* : elle a été rapidement dessinée (sens technique). \ **9.** *Linéament* : ébauche élémentaire.

temps une femme nue qui se tient debout sur une table, vous
120 croyez avoir copié la nature, vous vous imaginez être des peintres
et avoir dérobé le secret de Dieu !... Prrr ! Il ne suffit pas pour
être un grand poète de savoir à fond la syntaxe et de ne pas faire
de fautes de langue ! Regarde ta sainte, Porbus ? Au premier
aspect elle semble admirable, mais au second coup d'œil on
125 s'aperçoit qu'elle est collée au fond de la toile et qu'on ne pourrait pas faire le tour de son corps ; c'est une silhouette qui n'a
qu'une seule face, c'est une apparence découpée qui ne saurait se
retourner, ni changer de position. Je ne sens pas d'air entre ce bras
et le champ du tableau ; l'espace et la profondeur manquent ;
130 cependant tout est bien en perspective, et la dégradation aérienne
est exactement observée : mais malgré de si louables efforts, je
ne saurais croire que ce beau corps soit animé par le tiède souffle
de la vie. Il me semble que si je portais la main sur cette gorge
d'une si ferme rondeur, je la trouverais froide comme du marbre !
135 Non, mon ami, le sang ne court pas sous cette peau d'ivoire,
l'existence ne gonfle pas de sa rosée de pourpre les veines fibrilles[1]
qui s'entrelacent en réseau sous la transparence ambrée des
tempes et de la poitrine. Cette place palpite, mais cette autre est
immobile ; la vie et la mort luttent dans chaque morceau : ici
140 c'est une femme, là une statue, plus loin du cadavre. Ta création
est incomplète. Tu n'as pu souffler qu'une portion de ton âme à
ton œuvre chérie. Le flambeau de Prométhée[2] s'est éteint plus
d'une fois dans tes mains, et beaucoup d'endroits de ton tableau
n'ont pas été touchés par la flamme céleste.

145 – Mais pourquoi, mon cher maître ? dit respectueusement
Porbus au vieillard, tandis que le jeune homme avait peine à
réprimer une forte envie de le battre.

– Ah ! voilà, dit le petit vieillard. Tu as flotté indécis entre

1. *Veines fibrilles :* il s'agit ici de petites veines dont la reproduction en peinture est difficile.
\ **2.** *Le flambeau de Prométhée :* le Titan Prométhée a transmis aux hommes le feu dont Zeus avait voulu les priver.

les deux systèmes, entre le dessin et la couleur, entre le flegme
150 minutieux, la raideur précise des vieux maîtres allemands et
l'ardeur éblouissante, l'heureuse abondance des peintres
italiens. Tu as voulu imiter à la fois Hans Holbein[1] et Titien[2],
Albrecht Dürer[3] et Paul Véronèse[4]. Certes c'était là une
magnifique ambition ! Mais qu'est-il arrivé ? Tu n'as eu ni le
155 charme sévère de la sécheresse, ni les décevantes magies du
clair-obscur. Dans cet endroit, comme un bronze en fusion qui
crève son trop faible moule, la riche et blonde couleur du Titien
a fait éclater le maigre contour d'Albrecht Dürer où tu l'avais
coulée. Ailleurs, le linéament a résisté et contenu les magni-
160 fiques débordements de la palette vénitienne. Ta figure n'est ni
parfaitement dessinée, ni parfaitement peinte, et porte partout
les traces de cette malheureuse indécision. Si tu ne te sentais
pas assez fort pour fondre ensemble au feu de ton génie les deux
manières rivales, il fallait opter franchement entre l'une ou
165 l'autre, afin d'obtenir l'unité qui simule une des conditions de
la vie. Tu n'es vrai que dans les milieux, tes contours sont faux,
ne s'enveloppent pas et ne promettent rien par derrière. Il y a
de la vérité ici, dit le vieillard en montrant la poitrine de la
sainte. – Puis, ici, reprit-il en indiquant le point où sur le
170 tableau finissait l'épaule. – Mais là, fit-il en revenant au milieu
de la gorge, tout est faux. N'analysons rien, ce serait faire ton
désespoir. »

Le vieillard s'assit sur une escabelle, se tint la tête dans les
mains et resta muet.

175 « Maître, lui dit Porbus, j'ai cependant bien étudié sur le nu
cette gorge ; mais, pour notre malheur, il est des effets vrais
dans la nature qui ne sont plus probables sur la toile...

1. *Hans Holbein :* l'histoire de la peinture occidentale a retenu le nom des deux peintres flamands, Hans Holbein l'Ancien (1465-1524) et Hans Holbein le Jeune (1497-1553). \ **2.** *Titien :* Tiziano Vecellio, dit Titien, peintre italien (1488-1576). \ **3.** *Albrecht Dürer :* dessinateur, graveur et peintre allemand (1471-1528). \ **4.** *Paul Véronèse :* Paolo Caliari, dit Véronèse, peintre italien (1528-1588).

– La mission de l'art n'est pas de copier la nature, mais de l'exprimer ! Tu n'es pas un vil copiste, mais un poète[1] ! s'écria
180 vivement le vieillard en interrompant Porbus par un geste despotique. Autrement, un sculpteur serait quitte de tous ses travaux[2] en moulant une femme ! Hé bien, essaie de mouler la main de ta maîtresse et de la poser devant toi, tu trouveras un horrible cadavre sans aucune ressemblance, et tu seras forcé
185 d'aller trouver le ciseau de l'homme qui, sans te la copier exactement, t'en figurera le mouvement et la vie. Nous avons à saisir l'esprit, l'âme, la physionomie des choses et des êtres. Les effets ! les effets ! mais ils sont les accidents de la vie, et non la vie. Une main, puisque j'ai pris cet exemple, une main ne tient
190 pas seulement au corps, elle exprime et continue une pensée qu'il faut saisir et rendre. Ni le peintre, ni le poète, ni le sculpteur ne doivent séparer l'effet de la cause qui sont invinciblement l'un dans l'autre ! La véritable lutte est là. Beaucoup de peintres triomphent instinctivement sans connaître ce thème
195 de l'art. Vous dessinez une femme, mais vous ne la voyez pas ! Ce n'est pas ainsi que l'on parvient à forcer l'arcane de la nature. Votre main reproduit, sans que vous y pensiez, le modèle que vous avez copié chez votre maître. Vous ne descendez pas assez dans l'intimité de la forme, vous ne la poursuivez pas avec assez
200 d'amour et de persévérance dans ses détours et dans ses fuites. La beauté est une chose sévère et difficile qui ne se laisse point atteindre ainsi ; il faut attendre ses heures, l'épier, la presser et l'enlacer étroitement pour la forcer à se rendre. La forme est un Protée[3] bien plus insaisissable et plus fertile en replis que le
205 Protée de la fable ; ce n'est qu'après de longs combats qu'on peut la contraindre à se montrer sous son véritable aspect ; vous autres, vous vous contentez de la première apparence qu'elle

1. *Poète :* ici au sens étymologique de « créateur ». \ **2.** *Serait* [...] *travaux :* il aurait fait tout ce qu'on peut exiger de lui. \ **3.** *Protée :* créature mythologique dotée du pouvoir de se métamorphoser à volonté.

vous livre, ou tout au plus de la seconde, ou de la troisième ; ce n'est pas ainsi qu'agissent les victorieux lutteurs ! Ces 210 peintres invaincus ne se laissent pas tromper à tous ces faux-fuyants[1] ; ils persévèrent jusqu'à ce que la nature en soit réduite à se montrer toute nue et dans son véritable esprit. Ainsi a procédé Raphaël[2], dit le vieillard en ôtant son bonnet de velours noir, pour exprimer le respect que lui inspirait le roi de 215 l'art ; sa grande supériorité vient du sens intime qui, chez lui, semble vouloir briser la forme. La forme est, dans ses figures, ce qu'elle est chez nous, un truchement pour se communiquer des idées, des sensations, une vaste poésie. Toute figure est un monde, un portrait dont le modèle est apparu dans une vision 220 sublime, teint de lumière, désigné par une voix intérieure, dépouillé par un doigt céleste qui a montré, dans le passé de toute une vie, les sources de l'expression. Vous faites à vos femmes de belles robes de chair, de belles draperies de cheveux, mais où est le sang qui engendre le calme ou la passion et qui 225 cause des effets particuliers ? Ta sainte est une femme brune, mais ceci, mon pauvre Porbus, est d'une blonde ! Vos figures sont alors de pâles fantômes coloriés que vous nous promenez devant les yeux, et vous appelez cela de la peinture et de l'art. Parce que vous avez fait quelque chose qui ressemble plus à une 230 femme qu'à une maison, vous pensez avoir touché le but, et, tout fiers de n'être plus obligés d'écrire à côté de vos figures, *currus venustus* ou *pulcher homo*[3], comme les premiers peintres, vous vous imaginez être des artistes merveilleux ! Ha ! ha ! vous n'y êtes pas encore, mes braves compagnons, il vous faudra user 235 bien des crayons, couvrir bien des toiles avant d'arriver. Assurément, une femme porte sa tête de cette manière, elle tient sa

1. *Faux-fuyants :* échappatoires, mauvaises excuses. \ 2. *Raphaël :* peintre italien (1483-1520). \ 3. *Currus venustus ou pulcher homo :* char élégant ou bel homme. Frenhofer suggère ironiquement que les peintres, incapables de dessiner correctement, donneraient un titre explicite au tableau pour que celui-ci soit compris.

jupe ainsi, ses yeux s'alanguissent et se fondent avec cet air de douceur résignée ; l'ombre palpitante des cils flotte ainsi sur les joues ! C'est cela, et ce n'est pas cela. Qu'y manque-t-il ? Un
240 rien, mais ce rien est tout. Vous avez l'apparence de la vie, mais vous n'exprimez pas son trop-plein qui déborde, ce je ne sais quoi qui est l'âme peut-être et qui flotte nuageusement sur l'enveloppe ; enfin, cette fleur de vie que Titien ou Raphaël ont surprise. En partant du point extrême où vous arrivez, on ferait
245 peut-être d'excellente peinture ; mais vous vous lassez trop vite. Le vulgaire admire, et le vrai connaisseur sourit. Ô Mabuse [1] ! ô mon maître ! ajouta ce singulier personnage, tu es un voleur, tu as emporté la vie avec toi ! – À cela près, reprit-il, cette toile vaut mieux que les peintures de ce faquin de Rubens, avec ses
250 montagnes de viandes flamandes, saupoudrées de vermillon [2], ses ondées de chevelures rousses, et son tapage de couleurs. Au moins, avez-vous là couleur, sentiment et dessin, les trois parties essentielles de l'art.

– Mais cette sainte est sublime, bon homme ! s'écria d'une
255 voix forte le jeune homme en sortant d'une rêverie profonde. Ces deux figures, celle de la sainte et celle du batelier, ont une finesse d'intention ignorée des peintres italiens. Je n'en sais pas un seul qui eût inventé l'indécision du batelier.

– Ce petit drôle est-il à vous ? demanda Porbus au vieillard.

260 – Hélas ! maître, pardonnez à ma hardiesse, répondit le néophyte en rougissant. Je suis inconnu, mais barbouilleur d'instinct, et arrivé depuis peu dans cette ville, source de toute science.

– À l'œuvre ! » lui dit Porbus en lui présentant un crayon rouge et une feuille de papier.

265 L'inconnu copia lestement la Marie au trait.

« Oh ! oh ! s'écria le vieillard. Votre nom ? »

---

1. *Mabuse :* Jan Gossaert, dit Mabuse, peintre flamand (vers 1478-1532) ; il introduisit le style italien dans la peinture du Nord, conciliant ainsi dessin et couleur. \ **2.** *Vermillon :* rouge très vif.

Le jeune homme écrivit au bas *Nicolas Poussin*[1].

« Voilà qui n'est pas mal pour un commençant, dit le singulier personnage qui discourait si follement. Je vois que l'on 270 peut parler peinture devant toi. Je ne te blâme pas d'avoir admiré la sainte de Porbus. C'est un chef-d'œuvre pour tout le monde, et les initiés aux plus intimes arcanes[2] de l'art peuvent seuls découvrir en quoi elle pèche. Mais puisque tu es digne de la leçon, et capable de comprendre, je vais te faire voir combien 275 peu de chose il faudrait pour compléter cette œuvre. Sois tout œil et tout attention, une pareille occasion de t'instruire ne se représentera peut-être jamais. Ta palette, Porbus ? »

Porbus alla chercher palette et pinceaux. Le petit vieillard retroussa ses manches avec un mouvement de brusquerie 280 convulsive, passa son pouce dans la palette diaprée[3] et chargée de tons que Porbus lui tendait ; il lui arracha des mains plutôt qu'il ne les prit une poignée de brosses de toutes dimensions, et sa barbe taillée en pointe se remua soudain par des efforts menaçants qui exprimaient le prurit d'une amoureuse fantaisie. 285 Tout en chargeant son pinceau de couleur, il grommelait entre ses dents : « Voici des tons bons à jeter par la fenêtre avec celui qui les a composés. Ils sont d'une crudité et d'une fausseté révoltantes ; comment peindre avec cela ? » Puis il trempait avec une vivacité fébrile la pointe de la brosse dans les diffé- 290 rents tas de couleurs dont il parcourait quelquefois la gamme entière plus rapidement qu'un organiste de cathédrale ne parcourt l'étendue de son clavier à l'*O Filii* de Pâques[4].

Porbus et Poussin se tenaient immobiles chacun d'un côté de la toile, plongés dans la plus véhémente contemplation.

1. *Nicolas Poussin* : peintre français (1594-1665). Balzac brode ici librement sur les premières années, très mal connues, de la vie de cet artiste. \ **2.** *Arcanes* : mystères. \ **3.** *Diaprée* : chatoyante, de couleurs variées et changeantes. \ **4.** *O filii et filiae de Pâques* : chant catholique célébrant la résurrection du Christ. Ici, Frenhofer redonne vie à la sainte peinte par Porbus.

295 « Vois-tu, jeune homme, disait le vieillard sans se détourner, vois-tu comme au moyen de trois ou quatre touches et d'un petit glacis[1] bleuâtre, on pouvait faire circuler l'air autour de la tête de cette pauvre sainte qui devait étouffer et se sentir prise dans cette atmosphère épaisse ? Regarde comme cette 300 draperie voltige à présent et comme on comprend que la brise la soulève ! Auparavant elle avait l'air d'une toile empesée[2] et soutenue par des épingles. Remarques-tu comme le luisant satiné que je viens de poser sur la poitrine rend bien la grasse souplesse d'une peau de jeune fille, et comme le ton mélangé 305 de brun rouge et d'ocre calciné réchauffe la grise froideur de cette grande ombre où le sang se figeait au lieu de courir. Jeune homme, jeune homme, ce que je te montre là, aucun maître ne pourrait te l'enseigner. Mabuse seul possédait le secret de donner de la vie aux figures. Mabuse n'a eu qu'un élève, qui est 310 moi. Je n'en ai pas eu, et je suis vieux ! Tu as assez d'intelligence pour deviner le reste, par ce que je te laisse entrevoir. »

Tout en parlant, l'étrange vieillard touchait à toutes les parties du tableau : ici deux coups de pinceau, là un seul, mais toujours si à propos qu'on aurait dit une nouvelle peinture, 315 mais une peinture trempée de lumière. Il travaillait avec une ardeur si passionnée que la sueur se perlait sur son front dépouillé, il allait si rapidement par de petits mouvements si impatients, si saccadés, que pour le jeune Poussin il semblait qu'il y eût dans le corps de ce bizarre personnage un démon qui 320 agissait par ses mains en les prenant fantastiquement contre le gré de l'homme : l'éclat surnaturel de ses yeux, ses convulsions qui semblaient l'effet d'une résistance donnaient à cette idée un semblant de vérité qui devait agir sur une jeune imagination. Il allait disant : « Paf, paf, paf ! voilà comment cela se

1. *Glacis :* petite couche uniforme de peinture. \ 2. *Empesée :* raidie, comme si elle avait été apprêtée avec de l'amidon.

325 beurre, jeune homme ! venez, mes petites touches, faites-moi roussir ce ton glacial ! Allons donc ! Pon ! pon ! pon ! » disait-il en réchauffant les parties où il avait signalé un défaut de vie, en faisant disparaître par quelques plaques de couleur les différences de tempérament, et rétablissant l'unité de ton que 330 voulait une ardente Égyptienne.

« Vois-tu, petit, il n'y a que le dernier coup de pinceau qui compte. Porbus en a donné cent, moi, je n'en donne qu'un. Personne ne nous sait gré de ce qui est dessous. Sache bien cela ! »

Enfin ce démon s'arrêta, et se tournant vers Porbus et Poussin 335 muets d'admiration, il leur dit : « Cela ne vaut pas encore ma Catherine Lescault, cependant on pourrait mettre son nom au bas d'une pareille œuvre. Oui, je la signerais, ajouta-t-il en se levant pour prendre un miroir dans lequel il la regarda. – Maintenant, allons déjeuner, dit-il. Venez tous deux à mon logis. J'ai 340 du jambon fumé, du bon vin ! Hé ! hé ! malgré le malheur des temps, nous causerons peinture ! Nous sommes de force. Voici un petit bonhomme, ajouta-t-il en frappant sur l'épaule de Nicolas Poussin, qui a de la facilité. »

Apercevant alors la piètre casaque [1] du Normand [2], il tira de 345 sa ceinture une bourse de peau, y fouilla, prit deux pièces d'or, et les lui montrant : « J'achète ton dessin, dit-il.

– Prends, dit Porbus à Poussin en le voyant tressaillir et rougir de honte, car il avait la fierté du pauvre. Prends donc, il a dans son escarcelle [3] la rançon de deux rois ! »

350 Tous trois descendirent de l'atelier et cheminèrent en devisant sur les arts, jusqu'à une belle maison de bois, située près du pont Saint-Michel, et dont les ornements, le heurtoir, les encadrements de croisée, les arabesques [4] émerveillèrent

1. *Casaque :* vêtement à larges manches. \ **2.** *Normand :* Poussin est né en Normandie aux Andelys. \ **3.** *Escarcelle :* grande bourse. \ **4.** *Arabesques :* ornements à la manière arabe, qui entremêlent lettres, signes et motifs de feuillage.

Poussin. Le peintre en espérance[1] se trouva tout à coup dans une salle basse, devant un bon feu, près d'une table chargée de mets appétissants, et par un bonheur inouï, dans la compagnie de deux grands artistes pleins de bonhomie.

« Jeune homme, lui dit Porbus en le voyant ébahi devant un tableau, ne regardez pas trop cette toile, vous tomberiez dans le désespoir. »

C'était l'*Adam*[2] que fit Mabuse pour sortir de prison où ses créanciers le retinrent si longtemps. Cette figure offrait, en effet, une telle puissance de réalité, que Nicolas Poussin commença dès ce moment à comprendre le véritable sens des confuses paroles dites par le vieillard. Celui-ci regardait le tableau d'un air satisfait, mais sans enthousiasme, et semblait dire : « J'ai fait mieux ! »

« Il y a de la vie, dit-il, mon pauvre maître s'y est surpassé ; mais il manquait encore un peu de vérité dans le fond de la toile. L'homme est bien vivant, il se lève et va venir à nous. Mais l'air, le ciel, le vent que nous respirons, voyons et sentons, n'y sont pas. Puis il n'y a encore là qu'un homme ! Or le seul homme qui soit immédiatement sorti des mains de Dieu, devait avoir quelque chose de divin qui manque. Mabuse le disait lui-même avec dépit quand il n'était pas ivre. »

Poussin regardait alternativement le vieillard et Porbus avec une inquiète curiosité. Il s'approcha de celui-ci comme pour lui demander le nom de leur hôte ; mais le peintre se mit un doigt sur les lèvres d'un air de mystère, et le jeune homme, vivement intéressé, garda le silence, espérant que tôt ou tard quelque mot lui permettrait de deviner le nom de son hôte, dont la richesse et les talents étaient suffisamment attestés par le respect que Porbus lui témoignait, et par les merveilles entassées dans cette salle.

1. *Le peintre en espérance :* qui rêve de devenir le grand peintre qu'il n'est pas encore. \ **2.** *Adam :* Mabuse a peint plusieurs tableaux d'Adam et Ève (exposés à Bruxelles, Berlin, Vienne et Palerme).

Poussin, voyant sur la sombre boiserie de chêne un magnifique portrait de femme, s'écria : « Quel beau Giorgion[1] !

385 – Non ! répondit le vieillard, vous voyez un de mes premiers barbouillages.

– Tudieu ! je suis donc chez le dieu de la peinture », dit naïvement le Poussin.

Le vieillard sourit comme un homme familiarisé depuis 390 longtemps avec cet éloge.

« Maître Frenhofer ! dit Porbus, ne sauriez-vous faire venir un peu de votre bon vin du Rhin pour moi ?

– Deux pipes[2], répondit le vieillard. Une pour m'acquitter du plaisir que j'ai eu ce matin en voyant ta jolie pécheresse, et 395 l'autre comme un présent d'amitié.

– Ah ! si je n'étais pas toujours souffrant, reprit Porbus, et si vous vouliez me laisser voir votre *maîtresse*, je pourrais faire quelque peinture haute, large et profonde, où les figures seraient de grandeur naturelle.

400 – Montrer mon œuvre, s'écria le vieillard tout ému. Non, non, je dois la perfectionner encore. Hier, vers le soir, dit-il, j'ai cru avoir fini. Ses yeux me semblaient humides, sa chair était agitée. Les tresses de ses cheveux remuaient. Elle respirait ! Quoique j'aie trouvé le moyen de réaliser sur une toile plate le 405 relief et la rondeur de la nature, ce matin, au jour, j'ai reconnu mon erreur. Ah ! pour arriver à ce résultat glorieux, j'ai étudié à fond les grands maîtres du coloris, j'ai analysé et soulevé couche par couche les tableaux de Titien, ce roi de la lumière ; j'ai, comme ce peintre souverain, ébauché ma figure dans un ton 410 clair avec une pâte souple et nourrie, car l'ombre n'est qu'un accident, retiens cela, petit. Puis je suis revenu sur mon œuvre, et au moyen de demi-teintes[3] et de glacis dont je diminuais de

1. *Giorgion :* Poussin croit voir une toile du peintre italien Giorgio da Castelfranco, dit Giorgione (1477-1510). \ **2.** *Pipes :* récipients en forme de tonneaux, contenant plusieurs centaines de litres. \ **3.** *Demi-teintes :* teintes discrètes, ni trop claires ni trop foncées.

plus en plus la transparence, j'ai rendu les ombres les plus vigoureuses et jusqu'aux noirs les plus fouillés ; car les ombres 415 des peintres ordinaires sont d'une autre nature que leurs tons éclairés ; c'est du bois, de l'airain, c'est tout ce que vous voudrez, excepté de la chair dans l'ombre. On sent que si leur figure changeait de position, les places ombrées ne se nettoieraient pas et ne deviendraient pas lumineuses. J'ai évité ce défaut où beau-420 coup d'entre les plus illustres sont tombés, et chez moi la blancheur se révèle sous l'opacité de l'ombre la plus soutenue ! Comme une foule d'ignorants qui s'imaginent dessiner correctement parce qu'ils font un trait soigneusement ébarbé[1], je n'ai pas marqué sèchement les bords extérieurs de ma figure et fait 425 ressortir jusqu'au moindre détail anatomique, car le corps humain ne finit pas par des lignes. En cela, les sculpteurs peuvent plus approcher de la vérité que nous autres. La nature comporte une suite de rondeurs qui s'enveloppent les unes dans les autres. Rigoureusement parlant, le dessin n'existe pas ! Ne 430 riez pas, jeune homme ! Quelque singulier que vous paraisse ce mot, vous en comprendrez quelque jour les raisons. La ligne est le moyen par lequel l'homme se rend compte de l'effet de la lumière sur les objets ; mais il n'y a pas de lignes dans la nature où tout est plein : c'est en modelant qu'on dessine, c'est-à-dire 435 qu'on détache les choses du milieu où elles sont, la distribution du jour donne seule l'apparence au corps ! Aussi, n'ai-je pas arrêté les linéaments, j'ai répandu sur les contours un nuage de demi-teintes blondes et chaudes qui font que l'on ne saurait précisément poser le doigt sur la place où les contours se rencon-440 trent avec les fonds. De près, ce travail semble cotonneux et paraît manquer de précision, mais à deux pas, tout se raffermit, s'arrête et se détache ; le corps tourne, les formes deviennent saillantes, l'on sent l'air circuler tout autour. Cependant je ne

1. *Ébarbé :* régulier, débarrassé de toute imperfection.

suis pas encore content, j'ai des doutes. Peut-être faudrait-il ne
445 pas dessiner un seul trait, et vaudrait-il mieux attaquer une figure par le milieu en s'attachant d'abord aux saillies les plus éclairées, pour passer ensuite aux portions plus sombres. N'est-ce pas ainsi que procède le soleil, ce divin peintre de l'univers. Oh! nature, nature! qui jamais t'a surprise dans tes fuites!
450 Tenez, le trop de science, de même que l'ignorance, arrive à une négation. Je doute de mon œuvre ! »

Le vieillard fit une pause, puis il reprit : « Voilà dix ans, jeune homme, que je travaille ; mais que sont dix petites années quand il s'agit de lutter avec la nature ? Nous ignorons le temps
455 qu'employa le seigneur Pygmalion[1] pour faire la seule statue qui ait marché ! »

Le vieillard tomba dans une rêverie profonde, et resta les yeux fixes en jouant machinalement avec son couteau.

« Le voilà en conversation avec son *esprit* », dit Porbus à voix
460 basse.

À ce mot, Nicolas Poussin se sentit sous la puissance d'une inexplicable curiosité d'artiste. Ce vieillard aux yeux blancs, attentif et stupide, devenu pour lui plus qu'un homme, lui apparut comme un génie fantasque qui vivait dans une sphère
465 inconnue. Il réveillait mille idées confuses en l'âme. Le phénomène moral de cette espèce de fascination ne peut pas plus se définir qu'on ne peut traduire l'émotion excitée par un chant qui rappelle la patrie au cœur de l'exilé. Le mépris que ce vieil homme affectait d'exprimer pour les plus belles tentatives de
470 l'art, sa richesse, ses manières, les déférences[2] de Porbus pour lui, cette œuvre tenue si longtemps secrète, œuvre de patience, œuvre de génie sans doute, s'il fallait en croire la tête de vierge que le jeune Poussin avait si franchement admirée, et qui belle

1. *Pygmalion* : sculpteur légendaire qui devint amoureux de sa statue. \ 2. *Déférences* : manières très polies.

encore, même près de l'*Adam* de Mabuse, attestait le faire impé-
475 rial d'un des princes de l'art ; tout en ce vieillard allait au-delà des bornes de la nature humaine. Ce que la riche imagination de Nicolas Poussin put saisir de clair et de perceptible en voyant cet être surnaturel, était une complète image de la nature artiste, de cette nature folle à laquelle tant de pouvoirs sont
480 confiés, et qui trop souvent en abuse, emmenant la froide raison, les bourgeois et même quelques amateurs, à travers mille routes pierreuses, où, pour eux, il n'y a rien ; tandis que folâtre en ses fantaisies, cette fille aux ailes blanches y découvre des épopées, des châteaux, des œuvres d'art. Nature moqueuse et bonne,
485 féconde et pauvre ! Ainsi, pour l'enthousiaste Poussin, ce vieillard était devenu, par une transfiguration subite, l'art lui-même, l'art avec ses secrets, ses fougues et ses rêveries.

« Oui, mon cher Porbus, reprit Frenhofer, il m'a manqué jusqu'à présent de rencontrer une femme irréprochable, un
490 corps dont les contours soient d'une beauté parfaite, et dont la carnation… Mais où est-elle vivante, dit-il en s'interrompant, cette introuvable Vénus[1] des anciens, si souvent cherchée, et dont nous rencontrons à peine quelques beautés éparses ? Oh ! pour voir un moment, une seule fois, la nature divine
495 complète, l'idéal enfin, je donnerais toute ma fortune, mais j'irai te chercher dans tes limbes, beauté céleste ! Comme Orphée[2], je descendrai dans l'enfer de l'art pour en ramener la vie. »

« Nous pouvons partir d'ici, dit Porbus à Poussin, il ne nous
500 entend plus, ne nous voit plus !

– Allons à son atelier, répondit le jeune homme émerveillé.

– Oh ! le vieux reître a su en défendre l'entrée. Ses trésors sont trop bien gardés pour que nous puissions y arriver. Je n'ai

1. *Vénus :* déesse de la beauté. \ **2.** *Orphée :* poète mythique, qui descendit aux Enfers pour en ramener sa jeune épouse Eurydice.

pas attendu votre avis et votre fantaisie pour en tenter l'assaut
505 du mystère.

– Il y a donc un mystère ?

– Oui, répondit Porbus. Le vieux Frenhofer est le seul élève que Mabuse ait voulu faire. Devenu son ami, son sauveur, son père, Frenhofer a sacrifié la plus grande partie de ses trésors à
510 satisfaire les passions de Mabuse ; en échange Mabuse lui a légué le secret du relief, le pouvoir de donner aux figures cette vie extraordinaire, cette fleur de nature, notre désespoir éternel ; mais dont il possédait si bien *le faire*, qu'un jour, ayant vendu et bu le damas [1] à fleurs avec lequel il devait l'habiller à l'entrée
515 de Charles Quint [2], il accompagna son maître avec un vêtement de papier peint en damas [3]. L'éclat particulier de l'étoffe portée par Mabuse surprit l'empereur, qui voulant en faire compliment au protecteur du vieil ivrogne, découvrit la supercherie. Frenhofer est un homme passionné pour notre art, qui voit plus
520 haut et plus loin que les autres peintres. Il a profondément médité sur les couleurs, sur la vérité absolue de la ligne ; mais, à force de recherches, il est arrivé à douter de l'objet même de ses recherches. Dans ses moments de désespoir, il prétend que le dessin n'existe pas et qu'on ne peut rendre avec des traits que
525 des figures géométriques ; ce qui est trop absolu, puisque avec le trait et le noir, qui n'est pas une couleur, on peut faire une figure ; ce qui prouve que notre art est, comme la nature, composé d'une infinité d'éléments : le dessin donne un squelette, la couleur est la vie, mais la vie sans le squelette est une
530 chose plus incomplète que le squelette sans la vie. Enfin, il y a quelque chose de plus vrai que tout ceci, c'est que la pratique et l'observation sont tout chez un peintre, et que si le raisonnement et la poésie se querellent avec les brosses, on arrive au

---

1. *Damas :* habit en étoffe de Damas, en Syrie. \ **2.** *Charles Quint :* empereur du Saint Empire (1500-1558). \ **3.** *Un vêtement* [...] *en damas :* la peinture imite le tissage alternativement mat et brillant d'une étoffe appréciée pour sa richesse et sa somptuosité.

doute comme le bonhomme, qui est aussi fou que peintre.
535 Peintre sublime, il a eu le malheur de naître riche, ce qui lui a permis de divaguer. Ne l'imitez pas ! Travaillez ! les peintres ne doivent méditer que les brosses à la main.

– Nous y pénétrerons », s'écria Poussin n'écoutant plus Porbus et ne doutant plus de rien.

540 Porbus sourit à l'enthousiasme du jeune inconnu, et le quitta en l'invitant à venir le voir.

Nicolas Poussin revint à pas lents vers la rue de la Harpe, et dépassa sans s'en apercevoir la modeste hôtellerie où il était logé. Montant avec une inquiète promptitude son misérable
545 escalier, il parvint à une chambre haute, située sous une toiture en colombage, naïve et légère couverture des maisons du vieux Paris. Près de l'unique et sombre fenêtre de cette chambre, il vit une jeune fille qui, au bruit de la porte, se dressa soudain par un mouvement d'amour ; elle avait reconnu le peintre à la
550 manière dont il avait attaqué le loquet.

« Qu'as-tu ? lui dit-elle.

– J'ai, j'ai, s'écria-t-il en étouffant de plaisir, que je me suis senti peintre ! J'avais douté de moi jusqu'à présent, mais ce matin j'ai cru en moi-même ! Je puis être un grand homme !
555 Va, Gillette, nous serons riches, heureux ! Il y a de l'or dans ces pinceaux. »

Mais il se tut soudain. Sa figure grave et vigoureuse perdit son expression de joie quand il compara l'immensité de ses espérances à la médiocrité de ses ressources. Les murs étaient
560 couverts de simples papiers chargés d'esquisses au crayon. Il ne possédait pas quatre toiles propres. Les couleurs avaient alors un haut prix, et le pauvre gentilhomme[1] voyait sa palette à peu près nue. Au sein de cette misère, il possédait et ressentait d'in-

1. *Gentilhomme :* homme de naissance aristocratique. Erreur de Balzac : Poussin n'est pas de naissance aristocratique.

croyables richesses de cœur, et la surabondance d'un génie
565 dévorant. Amené à Paris par un gentilhomme de ses amis, ou peut-être par son propre talent, il y avait rencontré soudain une maîtresse, une de ces âmes nobles et généreuses qui viennent souffrir près d'un grand homme, en épousent les misères et s'efforcent de comprendre leurs caprices ; fortes pour la misère et
570 l'amour, comme d'autres sont intrépides à porter le luxe, à faire parader leur insensibilité. Le sourire errant sur les lèvres de Gillette dorait ce grenier et rivalisait avec l'éclat du ciel. Le soleil ne brillait pas toujours, tandis qu'elle était toujours là, recueillie dans sa passion, attachée à son bonheur, à sa souf-
575 france, consolant le génie qui débordait dans l'amour avant de s'emparer de l'art.

« Écoute, Gillette, viens. »

L'obéissante et joyeuse fille sauta sur les genoux du peintre. Elle était toute grâce, toute beauté, jolie comme un printemps,
580 parée de toutes les richesses féminines et les éclairant par le feu d'une belle âme.

« Ô Dieu ! s'écria-t-il, je n'oserai jamais lui dire…

– Un secret ! reprit-elle. Oh ! je veux le savoir. »

Le Poussin resta rêveur.

585 « Parle donc.

– Gillette ! pauvre cœur aimé !

– Oh ! tu veux quelque chose de moi ?

– Oui.

– Si tu désires que je pose encore devant toi comme
590 l'autre jour, reprit-elle d'un petit air boudeur, je n'y consentirai plus jamais ; car, dans ces moments-là, tes yeux ne me disent plus rien. Tu ne penses plus à moi, et cependant tu me regardes.

– Aimerais-tu mieux me voir copier une autre femme ?

595 – Peut-être, dit-elle, si elle est bien laide.

– Eh bien, reprit le Poussin d'un ton sérieux, si pour ma

gloire à venir, si pour me faire grand peintre, il fallait aller poser chez un autre ?

– Tu veux m'éprouver, dit-elle. Tu sais bien que je n'irais
600 pas. »

Le Poussin pencha la tête sur sa poitrine comme un homme qui succombe à une joie ou à une douleur trop forte pour son âme.

« Écoute, dit-elle en tirant Poussin par la manche de son
605 pourpoint usé, je t'ai dit, Nick, que je donnerais ma vie pour toi : mais je ne t'ai jamais promis, moi vivante, de renoncer à mon amour.

– Y renoncer ? s'écria Poussin.

– Si je me montrais ainsi à un autre, tu ne m'aimerais plus.
610 Et, moi-même, je me trouverais indigne de toi. Obéir à tes caprices, n'est-ce pas chose naturelle et simple ? Malgré moi, je suis heureuse, et même fière de faire ta chère volonté. Mais pour un autre ! fi donc.

– Pardonne, ma Gillette, dit le peintre en se jetant à ses
615 genoux. J'aime mieux être aimé que glorieux. Pour moi, tu es plus belle que la fortune et les honneurs. Va, jette mes pinceaux, brûle ces esquisses. Je me suis trompé, ma vocation est de t'aimer. Je ne suis pas peintre, je suis amoureux. Périssent et l'art et tous ses secrets ! »

620 Elle l'admirait, heureuse, charmée ! Elle régnait, elle sentait instinctivement que les arts étaient oubliés pour elle et jetés à ses pieds comme un grain d'encens.

« Ce n'est pourtant qu'un vieillard, reprit Poussin. Il ne pourra voir que la femme en toi. Tu es si parfaite !

625 – Il faut bien aimer, s'écria-t-elle prête à sacrifier ses scrupules d'amour pour récompenser son amant de tous les sacrifices qu'il lui faisait. Mais, reprit-elle, ce serait me perdre. Ah ! me perdre pour toi. Oui, cela est bien beau ! mais tu m'oublieras. Oh ! quelle mauvaise pensée as-tu donc eue là !

– Je l'ai eue et je t'aime, dit-il avec une sorte de contrition[1], mais je suis donc un infâme.

– Consultons le père Hardouin ? dit-elle.

– Oh, non ! que ce soit un secret entre nous deux.

– Eh bien, j'irai ; mais ne sois pas là, dit-elle. Reste à la porte, armé de ta dague ; si je crie, entre et tue le peintre. »

Ne voyant plus que son art, le Poussin pressa Gillette dans ses bras.

« Il ne m'aime plus ! » pensa Gillette quand elle se trouva seule.

Elle se repentait déjà de sa résolution. Mais elle fut bientôt en proie à une épouvante plus cruelle que son repentir ; elle s'efforça de chasser une pensée affreuse qui s'élevait dans son cœur. Elle croyait aimer déjà moins le peintre en le soupçonnant moins estimable.

---

1. *Contrition* : remords, repentir.

II

Catherine Lescault

645 Trois mois après la rencontre du Poussin et de Porbus, celui-ci vint voir maître Frenhofer. Le vieillard était alors en proie à l'un de ces découragements profonds et spontanés dont la cause est, s'il faut en croire les mathématiciens de la médecine, dans une digestion mauvaise, dans le vent, la chaleur ou quelque 650 empâtement des hypocondres [1] ; et, suivant les spiritualistes [2], dans l'imperfection de notre nature morale ; le bonhomme s'était purement et simplement fatigué à parachever son mystérieux tableau. Il était languissamment [3] assis dans une vaste chaire de chêne sculpté, garnie de cuir noir, et, sans 655 quitter son attitude mélancolique, il lança sur Porbus le regard d'un homme qui s'était établi dans son ennui.

« Eh bien, maître, lui dit Porbus, l'*outremer* [4] que vous êtes allé chercher à Bruges était-il mauvais ? est-ce que vous n'avez pas su broyer notre nouveau blanc ? votre huile est-elle 660 méchante, ou les pinceaux rétifs [5] ?

---

1. *Quelque empâtement des hypocondres :* métaphore inspirée par la théorie des humeurs d'Hippocrate (460-370 av. J.-C.) et de Galien (129-201 apr. J.-C.). L'hypocondre est une partie latérale de l'abdomen. C'est là que sont censées siéger les humeurs, substances liquides qui parcourent le corps et expliquent son état de santé. Si le siège de ces humeurs s'empâte, sous l'effet de l'alimentation par exemple, la santé du sujet peut se dégrader. \ **2.** *Spiritualistes :* philosophes qui expliquent tous les phénomènes par des causes immatérielles. \ **3.** *Languissamment :* d'un air épuisé. \ **4.** *Outremer :* un pigment bleu, très onéreux au XVIIe siècle, extrait de la pierre de lapis-lazuli. \ **5.** *Rétifs :* rebelles, qui refusent d'obéir.

– Hélas ! s'écria le vieillard, j'ai cru pendant un moment que mon œuvre était accomplie ; mais je me suis, certes, trompé dans quelques détails, et je ne serai tranquille qu'après avoir éclairci mes doutes. Je me décide à voyager et vais aller en
665 Turquie, en Grèce, en Asie pour y chercher un modèle et comparer mon tableau à diverses natures. Peut-être ai-je là-haut, reprit-il en laissant échapper un sourire de contentement, la nature elle-même. Parfois, j'ai quasi peur qu'un souffle ne me réveille cette femme et qu'elle ne disparaisse. »

670 Puis il se leva tout à coup, comme pour partir.

« Oh ! oh ! répondit Porbus, j'arrive à temps pour vous éviter la dépense et les fatigues du voyage.

– Comment, demanda Frenhofer étonné.

– Le jeune Poussin est aimé par une femme dont l'incom-
675 parable beauté se trouve sans imperfection aucune. Mais, mon cher maître, s'il consent à vous la prêter, au moins faudra-t-il nous laisser voir votre toile. »

Le vieillard resta debout, immobile, dans un état de stupidité parfaite.

680 « Comment ! s'écria-t-il enfin douloureusement, montrer ma créature, mon épouse ? déchirer le voile dont j'ai chastement couvert mon bonheur ? Mais ce serait une horrible prostitution ! Voilà dix ans que je vis avec cette femme. Elle est à moi, à moi seul. Elle m'aime. Ne m'a-t-elle pas souri à chaque
685 coup de pinceau que je lui ai donné ? Elle a une âme, l'âme dont je l'ai douée. Elle rougirait si d'autres yeux que les miens s'arrêtaient sur elle. La faire voir ! mais quel est le mari, l'amant assez vil pour conduire sa femme au déshonneur ? Quand tu fais un tableau pour la cour, tu n'y mets pas toute
690 ton âme, tu ne vends aux courtisans que des mannequins coloriés. Ma peinture n'est pas une peinture, c'est un sentiment, une passion ! Née dans mon atelier, elle doit y rester vierge, et n'en peut sortir que vêtue. La poésie et les femmes ne se

livrent nues qu'à leurs amants ! Possédons-nous les figures de
695 Raphaël, l'Angélique de l'Arioste, la Béatrix du Dante[1] ?
Non ! nous n'en voyons que les formes ! Eh bien ! l'œuvre que
je tiens là-haut sous mes verrous est une exception dans notre
art ; ce n'est pas une toile, c'est une femme ! une femme avec
laquelle je pleure, je ris, je cause et pense. Veux-tu que tout à
700 coup je quitte un bonheur de dix années comme on jette un
manteau ? Que tout à coup je cesse d'être père, amant et Dieu ?
Cette femme n'est pas une créature, c'est une création. Vienne
ton jeune homme, je lui donnerai mes trésors, je lui donnerai
des tableaux du Corrège[2], de Michel-Ange[3], du Titien, je
705 baiserai la marque de ses pas dans la poussière ; mais en faire
mon rival ? honte à moi ! Ha ! ha ! je suis plus amant encore
que je ne suis peintre. Oui, j'aurai la force de brûler ma Catherine à mon dernier soupir ; mais lui faire supporter le regard
d'un homme, d'un jeune homme, d'un peintre ? non, non ! Je
710 tuerais le lendemain celui qui l'aurait souillée d'un regard ! Je
te tuerais à l'instant, toi, mon ami, si tu ne la saluais pas à
genoux ! Veux-tu maintenant que je soumette mon idole aux
froids regards et aux stupides critiques des imbéciles ? Ah !
l'amour est un mystère ; il n'a de vie qu'au fond des cœurs, et
715 tout est perdu quand un homme dit même à son ami : "Voilà
celle que j'aime !" »

Le vieillard semblait être redevenu jeune ; ses yeux avaient
de l'éclat et de la vie ; ses joues pâles étaient nuancées d'un
rouge vif, et ses mains tremblaient. Porbus, étonné de la
720 violence passionnée avec laquelle ces paroles furent dites, ne
savait que répondre à un sentiment aussi neuf que profond.

---

1. *L'Angélique de l'Arioste, la Béatrix du Dante :* Angélique est l'héroïne du *Roland furieux* (1532), poème chevaleresque de l'Arioste (1474-1533). Béatrix Portinari (1265-1290) est l'inspiratrice privilégiée du poète italien Dante (1265-1321). \ **2.** *Corrège :* Antonio Allegri, dit le Corrège, peintre italien (1489-1534). \ **3.** *Michel-Ange :* peintre italien (1475-1564).

Frenhofer était-il raisonnable ou fou ? Se trouvait-il subjugué par une fantaisie d'artiste, ou les idées qu'il avait exprimées procédaient-elles de ce fanatisme inexprimable, produit en nous par le long enfantement d'une grande œuvre ? Pouvait-on jamais espérer de transiger avec cette passion bizarre ?

En proie à toutes ces pensées, Porbus dit au vieillard : « Mais n'est-ce pas femme pour femme ? Poussin ne livre-t-il pas sa maîtresse à vos regards ?

– Quelle maîtresse, répondit Frenhofer. Elle le trahira tôt ou tard. La mienne me sera toujours fidèle !

– Eh bien ! reprit Porbus, n'en parlons plus. Mais avant que vous trouviez, même en Asie, une femme aussi belle, aussi parfaite, vous mourrez peut-être sans avoir achevé votre tableau.

– Oh ! il est fini, dit Frenhofer. Qui le verrait, croirait apercevoir une femme couchée sur un lit de velours, sous des courtines. Près d'elle un trépied d'or exhale des parfums. Tu serais tenté de prendre le gland des cordons qui retiennent les rideaux, et il te semblerait voir le sein de Catherine rendre le mouvement de sa respiration. Cependant, je voudrais bien être certain...

– Va en Asie », répondit Porbus en apercevant une sorte d'hésitation dans le regard de Frenhofer. Et Porbus fit quelques pas vers la porte de la salle.

En ce moment, Gillette et Nicolas Poussin étaient arrivés près du logis de Frenhofer. Quand la jeune fille fut sur le point d'y entrer, elle quitta le bras du peintre, et se recula comme si elle eût été saisie par quelque soudain pressentiment.

« Mais que viens-je donc faire ici, demanda-t-elle à son amant d'un son de voix profond et en le regardant d'un œil fixe.

755 – Gillette, je t'ai laissée maîtresse et veux t'obéir en tout. Tu es ma conscience et ma gloire. Reviens au logis, je serai plus heureux, peut-être, que si tu…

– Suis-je à moi quand tu me parles ainsi ? Oh ! non, je ne suis plus qu'une enfant. – Allons, ajouta-t-elle en paraissant 760 faire un violent effort, si notre amour périt, et si je mets dans mon cœur un long regret, ta célébrité ne sera-t-elle pas le prix de mon obéissance à tes désirs ? Entrons, ce sera vivre encore que d'être toujours comme un souvenir dans ta palette. »

765 En ouvrant la porte de la maison, les deux amants se rencontrèrent avec Porbus qui, surpris par la beauté de Gillette dont les yeux étaient alors pleins de larmes, la saisit toute tremblante, et l'amenant devant le vieillard : « Tenez, dit-il, ne vaut-elle pas tous les chefs-d'œuvre du monde ? »

770 Frenhofer tressaillit. Gillette était là, dans l'attitude naïve et simple d'une jeune Géorgienne innocente et peureuse, ravie et présentée par des brigands à quelque marchand d'esclaves. Une pudique rougeur colorait son visage, elle baissait les yeux, ses mains étaient pendantes à ses côtés, ses 775 forces semblaient l'abandonner, et des larmes protestaient contre la violence faite à sa pudeur. En ce moment, Poussin, au désespoir d'avoir sorti ce beau trésor de son grenier, se maudit lui-même. Il devint plus amant qu'artiste, et mille scrupules lui torturèrent le cœur quand il vit l'œil rajeuni 780 du vieillard, qui, par une habitude de peintre, déshabilla pour ainsi dire cette jeune fille en en devinant les formes les plus secrètes. Il revint alors à la féroce jalousie du véritable amour.

« Gillette, partons ! » s'écria-t-il.

785 À cet accent, à ce cri, sa maîtresse joyeuse leva les yeux sur lui, le vit, et courant dans ses bras.

« Ah ! tu m'aimes donc », répondit-elle en fondant en larmes.

Après avoir eu l'énergie de taire sa souffrance, elle manquait de force pour cacher son bonheur.

790 « Oh ! laissez-la-moi pendant un moment, dit le vieux peintre, et vous la comparerez à ma Catherine. Oui, j'y consens. »

Il y avait encore de l'amour dans le cri de Frenhofer. Il semblait avoir de la coquetterie pour son semblant de femme[1], et jouir par avance du triomphe que la beauté de sa vierge allait
795 remporter sur celle d'une vraie jeune fille.

« Ne le laissez pas se dédire, s'écria Porbus en frappant sur l'épaule de Poussin. Les fruits de l'amour passent vite, ceux de l'art sont immortels.

– Pour lui, répondit Gillette en regardant attentivement le
800 Poussin et Porbus, ne suis-je donc pas plus qu'une femme ? »
Elle leva la tête avec fierté ; mais quand, après avoir jeté un coup d'œil étincelant à Frenhofer, elle vit son amant occupé à contempler de nouveau le portrait qu'il avait pris naguère pour un Giorgion[2] : « Ah ! dit-elle, montons ! Il ne m'a jamais
805 regardée ainsi.

– Vieillard, reprit Poussin tiré de sa méditation par la voix de Gillette, vois cette épée, je la plongerai dans ton cœur au premier mot de plainte que prononcera cette jeune fille, je mettrai le feu à ta maison, et personne n'en sortira. Comprends-tu ? »

810 Nicolas Poussin était sombre. Sa parole terrible, son attitude, son geste consolèrent Gillette qui lui pardonna presque de la sacrifier à la peinture et à son glorieux avenir. Porbus et Poussin restèrent à la porte de l'atelier, se regardant l'un l'autre en silence. Si, d'abord, le peintre de la Marie égyptienne se
815 permit quelques exclamations : « Ah ! elle se déshabille. Il lui dit de se mettre au jour ! Il la compare ! » bientôt il se tut à l'aspect du Poussin dont le visage était profondément triste ; et

1. *Son semblant de femme :* la femme qu'il a peinte, qui n'est pas vraie. \ **2.** *Giorgion :* voir note 1 p. 21.

quoique les vieux peintres n'aient plus de ces scrupules, si petits en présence de l'art, il les admira tant ils étaient naïfs et
820 jolis. Le jeune homme avait la main sur la garde de sa dague et l'oreille presque collée à la porte. Tous deux, dans l'ombre et debout, ressemblaient ainsi à deux conspirateurs attendant l'heure de frapper un tyran.

« Entrez, entrez, leur dit le vieillard rayonnant de bonheur.
825 Mon œuvre est parfaite, et maintenant je puis la montrer avec orgueil. Jamais peintre, pinceaux, couleurs, toile et lumière ne feront une rivale à *Catherine Lescault* ! »

En proie à une vive curiosité, Porbus et Poussin coururent au milieu d'un vaste atelier couvert de poussière, où tout était
830 en désordre, où ils virent çà et là des tableaux accrochés aux murs. Ils s'arrêtèrent tout d'abord devant une figure de femme de grandeur naturelle, demi-nue, et pour laquelle ils furent saisis d'admiration.

« Oh ! ne vous occupez pas de cela, dit Frenhofer, c'est une
835 toile que j'ai barbouillée pour étudier une pose, ce tableau ne vaut rien. Voilà mes erreurs », reprit-il en leur montrant de ravissantes compositions suspendues aux murs, autour d'eux.

À ces mots, Porbus et Poussin, stupéfaits de ce dédain pour de telles œuvres, cherchèrent le portrait annoncé, sans réussir
840 à l'apercevoir.

« Eh bien ! le voilà ! leur dit le vieillard dont les cheveux étaient en désordre, dont le visage était enflammé par une exaltation surnaturelle, dont les yeux pétillaient, et qui haletait comme un jeune homme ivre d'amour. – Ah ! ah ! s'écria-
845 t-il, vous ne vous attendiez pas à tant de perfection ! Vous êtes devant une femme et vous cherchez un tableau. Il y a tant de profondeur sur cette toile, l'air y est si vrai, que vous ne pouvez plus le distinguer de l'air qui nous environne. Où est l'art ? perdu, disparu ! Voilà les formes mêmes d'une
850 jeune fille. N'ai-je pas bien saisi la couleur, le vif de la ligne

qui paraît terminer le corps ? N'est-ce pas le même phénomène que nous présentent les objets qui sont dans l'atmosphère comme les poissons dans l'eau ? Admirez comme les contours se détachent du fond ? Ne semble-t-il pas que vous
855 puissiez passer la main sur ce dos ? Aussi, pendant sept années, ai-je étudié les effets de l'accouplement du jour et des objets. Et ces cheveux, la lumière ne les inonde-t-elle pas ? Mais elle a respiré, je crois ! Ce sein, voyez ? Ah ! qui ne voudrait l'adorer à genoux ? Les chairs palpitent. Elle va se
860 lever, attendez.

– Apercevez-vous quelque chose ? demanda Poussin à Porbus.

– Non. Et vous ?

– Rien. »

Les deux peintres laissèrent le vieillard à son extase, regar-
865 dèrent si la lumière, en tombant d'aplomb sur la toile qu'il leur montrait, n'en neutralisait pas tous les effets ; ils examinèrent alors la peinture en se mettant à droite, à gauche, de face, en se baissant et se levant tour à tour.

« Oui, oui, c'est bien une toile, leur disait Frenhofer en se
870 méprenant sur le but de cet examen scrupuleux. Tenez, voilà le châssis[1], le chevalet[2], enfin voici mes couleurs, mes pinceaux. » Et il s'empara d'une brosse qu'il leur présenta par un mouvement naïf.

« Le vieux lansquenet[3] se joue de nous, dit Poussin en reve-
875 nant devant le prétendu tableau. Je ne vois là que des couleurs confusément amassées et contenues par une multitude de lignes bizarres qui forment une muraille de peinture.

– Nous nous trompons, voyez », reprit Porbus.

---

1. *Châssis :* le cadre sur lequel est fixé la toile. \ **2.** *Chevalet :* le support qui sert à maintenir le tableau à la hauteur voulue. \ **3.** *Lansquenet :* le terme désigne à l'origine un corps de fantassins mercenaires allemands, qui servirent en France à partir du XVIe siècle ; il peut alors évoquer la grande expérience de Frenhofer. Il désigne aussi un jeu de hasard, qui se pratiquait avec des cartes. Par extension, il peut être ici l'équivalent d'expressions telles que « ce vieux joueur », « ce vieux farceur », « ce vieux tricheur ».

En s'approchant, ils aperçurent dans un coin de la toile le
880 bout d'un pied nu qui sortait de ce chaos de couleurs, de tons, de nuances indécises, espèce de brouillard sans forme ; mais un pied délicieux, un pied vivant ! Ils restèrent pétrifiés d'admiration devant ce fragment échappé à une incroyable, à une lente et progressive destruction. Ce pied apparaissait là comme le
885 torse de quelque Vénus en marbre de Paros[1] qui surgirait parmi les décombres d'une ville incendiée.

« Il y a une femme là-dessous », s'écria Porbus en faisant remarquer à Poussin les diverses couches de couleurs que le vieux peintre avait successivement superposées en croyant
890 perfectionner sa peinture.

Les deux peintres se tournèrent spontanément vers Frenhofer, en commençant à s'expliquer, mais vaguement, l'extase dans laquelle il vivait.

« Il est de bonne foi, dit Porbus.

895 – Oui, mon ami, répondit le vieillard en se réveillant, il faut de la foi, de la foi dans l'art, et vivre pendant longtemps avec son œuvre pour produire une semblable création. Quelques-unes de ces ombres m'ont coûté bien des travaux. Tenez, il y a là sur sa joue, au-dessous des yeux, une légère
900 pénombre qui, si vous l'observez dans la nature, vous paraîtra presque intraduisible. Eh bien, croyez-vous que cet effet ne m'ait pas coûté des peines inouïes à reproduire ? Mais aussi, mon cher Porbus, regarde attentivement mon travail, et tu comprendras mieux ce que je te disais sur la manière de traiter
905 le modelé et les contours, regarde la lumière du sein, et vois comme, par une suite de touches et de *rehauts*[2] fortement empâtés, je suis parvenu à accrocher la véritable lumière et à la combiner avec la blancheur luisante des tons éclairés ; et

1. *Paros :* île grecque de la mer Égée, célèbre pour ses carrières de marbre blanc. \ 2. *Rehauts :* ajouts de peinture destinés à accentuer la luminosité et à mettre en relief.

comme, par un travail contraire, en effaçant les saillies[1] et le
910 grain de la pâte, j'ai pu, à force de caresser le contour de ma figure noyé dans la demi-teinte, ôter jusqu'à l'idée de dessin et de moyens artificiels, et lui donner l'aspect et la rondeur même de la nature. Approchez, vous verrez mieux ce travail. De loin, il disparaît. Tenez ? là il est, je crois, très remar-
915 quable. » Et du bout de sa brosse, il désignait aux deux peintres un pâté de couleur claire.

Porbus frappa sur l'épaule du vieillard en se tournant vers Poussin : « Savez-vous que nous voyons en lui un bien grand peintre ? dit-il.

920 – Il est encore plus poète que peintre, répondit gravement Poussin.

– Là, reprit Porbus en touchant la toile, finit notre art sur terre.

– Et, de là, il va se perdre dans les cieux, dit Poussin.

925 – Combien de jouissances sur ce morceau de toile ! » s'écria Porbus.

Le vieillard absorbé ne les écoutait pas, et souriait à cette femme imaginaire.

« Mais, tôt ou tard, il s'apercevra qu'il n'y a rien sur sa toile,
930 s'écria Poussin.

– Rien sur ma toile, dit Frenhofer en regardant tour à tour les deux peintres et son prétendu tableau.

– Qu'avez-vous fait ? » répondit Porbus à Poussin.

Le vieillard saisit avec force le bras du jeune homme et lui
935 dit : « Tu ne vois rien, manant ! maheustre[2] ! bélître[3] ! bardache[4] ! Pourquoi donc es-tu monté ici ? – Mon bon Porbus, reprit-il en se tournant vers le peintre, est-ce que, vous

1. *Saillies :* irrégularités, bosses, aspérités. \ **2.** *Maheustre :* terme du XVIe siècle désignant un soldat et, par extension, un soudard, un bandit. \ **3.** *Bélître :* homme sans valeur, gueux. \ **4.** *Bardache :* terme obscène.

aussi, vous vous joueriez de moi, répondez ? Je suis votre ami, dites, aurais-je donc gâté mon tableau ? »

Porbus, indécis, n'osa rien dire ; mais l'anxiété peinte sur la physionomie blanche du vieillard était si cruelle, qu'il montra la toile en disant : « Voyez ! »

Frenhofer contempla son tableau pendant un moment et chancela.

« Rien, rien ! Et avoir travaillé dix ans. »

Il s'assit et pleura. « Je suis donc un imbécile, un fou ! je n'ai donc ni talent, ni capacité, je ne suis plus qu'un homme riche qui, en marchant, ne fait que marcher ! Je n'aurai donc rien produit ! » Il contempla sa toile à travers ses larmes, il se releva tout à coup avec fierté, jeta sur les deux peintres un regard étincelant.

« Par le sang, par le corps, par la tête du Christ, vous êtes des jaloux qui voulez me faire croire qu'elle est gâtée pour me la voler ! Moi, je la vois ! cria-t-il, elle est merveilleusement belle. »

En ce moment, Poussin entendit les pleurs de Gillette, oubliée dans un coin.

« Qu'as-tu, mon ange ? lui demanda le peintre redevenu subitement amoureux.

– Tue-moi ! dit-elle. Je serais une infâme de t'aimer encore, car je te méprise. Tu es ma vie, et tu me fais horreur. Je crois que je te hais déjà[1]. »

Pendant que Poussin écoutait Gillette, Frenhofer recouvrait sa Catherine d'une serge[2] verte, avec la sérieuse tranquillité d'un joaillier qui ferme ses tiroirs en se croyant en compagnie d'adroits larrons[3]. Il jeta sur les deux peintres un regard profondément sournois, plein de mépris et de soupçon, les mit silencieusement à la porte de son atelier, avec une promptitude

1. Le conte publié en 1831 s'achevait sur ces mots de Gillette. \ **2.** *Serge :* étoffe à base de laine. \ **3.** *Larrons :* voleurs, brigands.

convulsive. Puis, il leur dit sur le seuil de son logis : « Adieu, mes petits amis. »

970 Cet adieu les glaça. Le lendemain, Porbus inquiet revint voir Frenhofer, et apprit qu'il était mort dans la nuit, après avoir brûlé ses toiles.

Paris, février 1832

SARRASINE

À Monsieur Charles de Bernard du Grail[1]

J'étais plongé dans une de ces rêveries profondes qui saisissent tout le monde, même un homme frivole, au sein des fêtes les plus tumultueuses. Minuit venait de sonner à l'horloge de l'Élysée-Bourbon[2]. Assis dans l'embrasure d'une fenêtre, et caché sous les plis onduleux d'un rideau de moire, je pouvais contempler à mon aise le jardin de l'hôtel où je passais la soirée. Les arbres, imparfaitement couverts de neige, se détachaient faiblement du fond grisâtre que formait un ciel nuageux, à peine blanchi par la lune. Vus au sein de cette atmosphère fantastique, ils ressemblaient vaguement à des spectres mal enveloppés de leurs linceuls, image gigantesque de la fameuse *danse des morts*[3]. Puis, en me retournant de l'autre côté, je pouvais admirer la danse des vivants ! un salon splendide, aux parois d'argent et d'or, aux lustres étincelants, brillant de bougies. Là, fourmillaient, s'agitaient et papillonnaient les plus jolies femmes de Paris, les plus riches, les mieux titrées, éclatantes, pompeuses, éblouissantes de diamants ! des fleurs sur la tête, sur le sein, dans les cheveux, semées sur les robes ou en

1. *Charles de Bernard du Grail* (1804-1851) : journaliste, originaire de Franche-Comté comme le personnage de Sarrasine. Cette dédicace est ajoutée en 1844. \ **2.** *Élysée-Bourbon :* actuel palais de l'Élysée, ainsi nommé car il a servi de résidence à la duchesse de Bourbon. Ce quartier est celui des « nouveaux riches » en 1830. \ **3.** *Danse des morts* (ou danse macabre) : représentation allégorique, à la fin du Moyen Âge, dans laquelle la mort, sous forme de squelette, entraîne dans sa ronde des personnages de toutes conditions sociales et de tous âges.

guirlandes à leurs pieds. C'était de légers frémissements de joie, des pas voluptueux qui faisaient rouler les dentelles, les blondes[1], la mousseline autour de leurs flancs délicats. Quelques regards trop vifs perçaient çà et là, éclipsaient les lumières, le feu des diamants, et animaient encore des cœurs trop ardents. On surprenait aussi des airs de tête significatifs pour les amants, et des attitudes négatives pour les maris. Les éclats de voix des joueurs, à chaque coup imprévu, le retentissement de l'or se mêlaient à la musique, au murmure des conversations ; pour achever d'étourdir cette foule enivrée par tout ce que le monde peut offrir de séductions, une vapeur de parfums et l'ivresse générale agissaient sur les imaginations affolées. Ainsi, à ma droite, la sombre et silencieuse image de la mort ; à ma gauche, les décentes bacchanales[2] de la vie : ici, la nature froide, morne, en deuil ; là, les hommes en joie. Moi, sur la frontière de ces deux tableaux si disparates, qui, mille fois répétés de diverses manières, rendent Paris la ville la plus amusante du monde et la plus philosophique, je faisais une macédoine morale, moitié plaisante, moitié funèbre. Du pied gauche je marquais la mesure, et je croyais avoir l'autre dans un cercueil. Ma jambe était en effet glacée par un de ces vents coulis qui vous gèlent une moitié du corps tandis que l'autre éprouve la chaleur moite des salons, accident assez fréquent au bal.

« Il n'y a pas fort longtemps que M. de Lanty possède cet hôtel ?

– Si fait. Voici bientôt dix ans que le maréchal de Carigliano[3] le lui a vendu…

– Ah !

– Ces gens-là doivent avoir une fortune immense ?

---

1. *Blondes :* dentelles de soie. \ **2.** *Bacchanales :* fêtes tournant à l'orgie. À l'origine, fêtes en l'honneur de Bacchus. \ **3.** *Carigliano :* Balzac introduit ce nom d'un personnage de *La Maison du chat-qui-pelote* (1829) après 1830, pour assurer une continuité entre ses œuvres.

– Mais il le faut bien.

50 – Quelle fête ! Elle est d'un luxe insolent.

– Les croyez-vous aussi riches que le sont M. de Nucingen ou M. de Gondreville[1] ?

– Mais vous ne savez donc pas ?

J'avançai la tête et reconnus les deux interlocuteurs pour 55 appartenir à cette gent[2] curieuse qui, à Paris, s'occupe exclusivement des *Pourquoi ?* des *Comment ? D'où vient-il ? Qui sont-ils ? Qu'y a-t-il ? Qu'a-t-elle fait ?* Ils se mirent à parler bas, et s'éloignèrent pour aller causer plus à l'aise sur quelque canapé solitaire. Jamais mine plus féconde ne s'était ouverte aux cher- 60 cheurs de mystères. Personne ne savait de quel pays venait la famille de Lanty, ni de quel commerce, de quelle spoliation, de quelle piraterie ou de quel héritage provenait une fortune estimée à plusieurs millions. Tous les membres de cette famille parlaient l'italien, le français, l'espagnol, l'anglais et l'alle- 65 mand, avec assez de perfection pour faire supposer qu'ils avaient dû longtemps séjourner parmi ces différents peuples. Étaient-ce des bohémiens ? étaient-ce des flibustiers[3] ?

« Quand ce serait le diable ! disaient de jeunes politiques, ils reçoivent à merveille. »

70 « Le comte de Lanty eût-il dévalisé quelque *Casauba*[4], j'épouserais bien sa fille ! » s'écriait un philosophe.

Qui n'aurait épousé Marianina, jeune fille de seize ans, dont la beauté réalisait les fabuleuses conceptions des poètes orientaux ? Comme la fille du sultan dans le conte de *La Lampe* 75 *merveilleuse*[5], elle aurait dû rester voilée. Son chant faisait pâlir

1. *M. de Nucingen ou M. de Gondreville :* deux personnages balzaciens ; Nucingen est un riche banquier dans *Le Père Goriot*, Gondreville un homme d'État dans *Une Ténébreuse Affaire.* \ 2. *Gent :* race (emploi désuet). \ 3. *Flibustiers :* pirates de la mer des Antilles (XVIIe et XVIIIe siècles). \ 4. *Casauba :* ancienne orthographe de « casbah », palais d'un prince oriental ; même si le comte avait dévalisé une casbah, le philosophe voudrait épouser sa fille. \ 5. *La Lampe merveilleuse :* allusion à un conte des *Mille et Une Nuits*, « Aladin ou la Lampe merveilleuse ».

les talents incomplets des Malibran, des Sontag, des Fodor[1], chez lesquelles une qualité dominante a toujours exclu la perfection de l'ensemble ; tandis que Marianina savait unir au même degré la pureté du son, la sensibilité, la justesse du
80 mouvement et des intonations, l'âme et la science, la correction et le sentiment. Cette fille était le type de cette poésie secrète, lien commun de tous les arts, et qui fuit toujours ceux qui la cherchent. Douce et modeste, instruite et spirituelle, rien ne pouvait éclipser Marianina si ce n'était sa mère.

85 Avez-vous jamais rencontré de ces femmes dont la beauté foudroyante défie les atteintes de l'âge, et qui semblent à trente-six ans plus désirables qu'elles ne devaient l'être quinze ans plus tôt ? Leur visage est une âme passionnée, il étincelle ; chaque trait y brille d'intelligence ; chaque pore possède un éclat parti-
90 culier, surtout aux lumières. Leurs yeux séduisants attirent, refusent, parlent ou se taisent ; leur démarche est innocemment savante ; leur voix déploie les mélodieuses richesses des tons les plus coquettement doux et tendres. Fondés sur des comparaisons, leurs éloges caressent l'amour-propre le plus chatouilleux
95 Un mouvement de leurs sourcils, le moindre jeu de l'œil, leur lèvre qui se fronce, impriment une sorte de terreur à ceux qui font dépendre d'elles leur vie et leur bonheur. Inexpériente[2] de l'amour et docile au discours, une jeune fille peut se laisser séduire ; mais pour ces sortes de femmes, un homme doit savoir,
100 comme M. de Jaucourt[3], ne pas crier quand, en se cachant au fond d'un cabinet, la femme de chambre lui brise deux doigts dans la jointure d'une porte. Aimer ces puissantes sirènes, n'est-ce pas jouer sa vie ? Et voilà pourquoi peut-être les aimons-nous si passionnément ! Telle était la comtesse de Lanty.

---

1. *des Malibran, des Sontag, des Fodor :* trois cantatrices célèbres à l'époque romantique. La Malibran (1808-1836), mezzo-soprano espagnole, fut admirée dans toute l'Europe et célébrée par Musset. \ **2.** *Inexpériente :* sans expérience. \ **3.** *Jaucourt :* allusion à une anecdote véritable, également citée dans *La Duchesse de Langeais*.

105 Filippo, frère de Marianina, tenait, comme sa sœur, de la beauté merveilleuse de la comtesse. Pour tout dire en un mot, ce jeune homme était une image vivante de l'Antinoüs[1], avec des formes plus grêles. Mais comme ces maigres et délicates proportions s'allient bien à la jeunesse quand un teint olivâtre, 110 des sourcils vigoureux et le feu d'un œil velouté promettent pour l'avenir des passions mâles, des idées généreuses ! Si Filippo restait dans tous les cœurs de jeunes filles, comme un type[2], il demeurait également dans le souvenir de toutes les mères, comme le meilleur parti de France.

115 La beauté, la fortune, l'esprit, les grâces de ces deux enfants venaient uniquement de leur mère. Le comte de Lanty était petit, laid et grêlé[3] ; sombre comme un Espagnol, ennuyeux comme un banquier. Il passait d'ailleurs pour un profond politique, peut-être parce qu'il riait rarement, et citait toujours 120 M. de Metternich ou Wellington[4].

Cette mystérieuse famille avait tout l'attrait d'un poème de lord Byron[5], dont les difficultés étaient traduites d'une manière différente par chaque personne du beau monde : un chant obscur et sublime de strophe en strophe. La réserve que 125 M. et Mme de Lanty gardaient sur leur origine, sur leur existence passée et sur leurs relations avec les quatre parties du monde n'eût pas été longtemps un sujet d'étonnement à Paris. En nul pays peut-être l'axiome de Vespasien[6] n'est mieux compris. Là, les écus même tachés de sang ou de boue ne trahis- 130 sent rien et représentent tout. Pourvu que la haute société sache le chiffre de votre fortune, vous êtes classé parmi les sommes

1. *Antinoüs :* jeune Grec d'une grande beauté, favori de l'empereur Hadrien. Il a inspiré de nombreuses statues antiques, à la grâce efféminée, dont l'*Antinoüs* du Belvédère, à Rome. \ **2.** *Type :* modèle. \ **3.** *Grêlé :* dont la peau porte des cicatrices de petite vérole. \ **4.** *M. de Metternich ou Wellington :* Metternich (1773-1859), homme d'État autrichien et Wellington (1769-1852), général puis Premier ministre britannique, furent célèbres pour leurs qualités politiques et leur sens de la stratégie. \ **5.** *Lord Byron* (1788-1824) : grand poète romantique anglais, dont l'œuvre était célèbre par son mystère – tout comme la vie de son auteur. \ **6.** *Axiome de Vespasien :* « l'argent n'a pas d'odeur ».

qui vous sont égales, et personne ne vous demande à voir vos parchemins[1], parce que tout le monde sait combien peu ils coûtent. Dans une ville où les problèmes sociaux se résolvent
135 par des équations algébriques, les aventuriers ont en leur faveur d'excellentes chances. En supposant que cette famille eût été bohémienne d'origine, elle était si riche, si attrayante, que la haute société pouvait bien lui pardonner ses petits mystères. Mais, par malheur, l'histoire énigmatique de la maison Lanty
140 offrait un perpétuel intérêt de curiosité, assez semblable à celui des romans d'Anne Radcliffe[2].

Les observateurs, ces gens qui tiennent à savoir dans quel magasin vous achetez vos candélabres, ou qui vous demandent le prix du loyer quand votre appartement leur semble beau,
145 avaient remarqué, de loin en loin, au milieu des fêtes, des concerts, des bals, des raouts[3] donnés par la comtesse, l'apparition d'un personnage étrange. C'était un homme. La première fois qu'il se montra dans l'hôtel, ce fut pendant un concert, où il semblait avoir été attiré vers le salon par la voix enchante-
150 resse de Marianina.

« Depuis un moment, j'ai froid », dit à sa voisine une dame placée près de la porte.

L'inconnu, qui se trouvait près de cette femme, s'en alla.

« Voilà qui est singulier ! j'ai chaud, dit cette femme après
155 le départ de l'étranger. Et vous me taxerez peut-être de folie, mais je ne saurais m'empêcher de penser que mon voisin, ce monsieur vêtu de noir qui vient de partir, causait ce froid. »

Bientôt l'exagération naturelle aux gens de la haute société fit naître et accumuler les idées les plus plaisantes, les expres-
160 sions les plus bizarres, les contes les plus ridicules sur ce person-

1. *Parchemins :* titres de noblesse. \ **2.** *Anne Radcliffe* (1764-1823) : elle inaugure le roman noir anglais (ou roman gothique), notamment avec *Les Mystères d'Udolphe* (1794). Balzac tourne en dérision un genre dont il s'est inspiré pour ses romans de jeunesse. \ **3.** *Raouts :* fêtes mondaines. Anglicisme très usité vers 1830.

nage mystérieux. Sans être précisément un vampire, une goule[1], un homme artificiel[2], une espèce de Faust[3] ou de Robin des bois[4], il participait, au dire des gens amis du fantastique, de toutes ces natures anthropomorphes. Il se rencontrait çà et là des
165 Allemands qui prenaient pour des réalités ces railleries ingénieuses de la médisance parisienne. L'étranger était simplement un *vieillard*. Plusieurs de ces jeunes hommes, habitués à décider, tous les matins, l'avenir de l'Europe, dans quelques phrases élégantes, voulaient voir en l'inconnu quelque grand criminel,
170 possesseur d'immenses richesses. Des romanciers racontaient la vie de ce vieillard, et vous donnaient des détails véritablement curieux sur les atrocités commises par lui pendant le temps qu'il était au service du prince de Mysore[5]. Des banquiers, gens plus positifs, établissaient une fable spécieuse : « Bah ! disaient-ils en
175 haussant leurs larges épaules par un mouvement de pitié, ce petit vieux est une *tête génoise* !

– Monsieur, si ce n'est pas une indiscrétion, pourriez-vous avoir la bonté de m'expliquer ce que vous entendez par une tête génoise ?

180 – Monsieur, c'est un homme sur la vie duquel reposent d'énormes capitaux, et de sa bonne santé dépendent sans doute les revenus de cette famille. »

Je me souviens d'avoir entendu chez Mme d'Espard[6] un magnétiseur[7] prouvant, par des considérations historiques très
185 spécieuses, que ce vieillard, mis sous verre, était le fameux Balsamo, dit Cagliostro[8]. Selon ce moderne alchimiste,

1. *Une goule :* un vampire dans les légendes orientales. \ **2.** *Un homme artificiel :* allusion au *Frankenstein* de Mary Shelley (traduit en 1821). \ **3.** *Faust :* ce personnage vend son âme au diable dans un mythe célèbre à l'époque romantique. \ **4.** *Robin des bois :* il est connu en France par le roman de W. Scott, *Ivanhoé* (1819). \ **5.** *Mysore :* ancien nom d'une province du sud-est de l'Inde. Ce prince est cité dans un récit de W. Scott. \ **6.** *Mme d'Espard :* personnage des *Illusions perdues* et de *L'Interdiction.* \ **7.** *Magnétiseur :* personne censée posséder un fluide particulier, dont elle se sert pour divers usages (notamment afin de guérir des malades). \ **8.** *Cagliostro :* aventurier italien (1743-1795) qui connut à Paris un vif succès pour ses talents de guérisseur et sa pratique des sciences occultes.

l'aventurier sicilien avait échappé à la mort, et s'amusait à faire de l'or pour ses petits-enfants. Enfin le bailli de Ferrette[1] prétendait avoir reconnu dans ce singulier personnage le comte
190 de Saint-Germain[2]. Ces niaiseries, dites avec le ton spirituel, avec l'air railleur qui, de nos jours, caractérise une société sans croyances, entretenaient de vagues soupçons sur la maison de Lanty. Enfin, par un singulier concours de circonstances, les membres de cette famille justifiaient les conjectures du monde,
195 en tenant une conduite assez mystérieuse avec ce vieillard, dont la vie était en quelque sorte dérobée à toutes les investigations.

Ce personnage franchissait-il le seuil de l'appartement qu'il était censé occuper à l'hôtel de Lanty, son apparition causait toujours une grande sensation dans la famille. On eût dit un
200 événement de haute importance. Filippo, Marianina, Mme de Lanty et un vieux domestique avaient seuls le privilège d'aider l'inconnu à marcher, à se lever, à s'asseoir. Chacun en surveillait les moindres mouvements. Il semblait que ce fût une personne enchantée de qui dépendissent le bonheur, la vie ou la fortune
205 de tous. Était-ce crainte ou affection ? Les gens du monde ne pouvaient découvrir aucune induction qui les aidât à résoudre ce problème. Caché pendant des mois entiers au fond d'un sanctuaire inconnu, ce génie familier en sortait tout à coup comme furtivement, sans être attendu, et apparaissait au
210 milieu des salons comme ces fées d'autrefois qui descendaient de leurs dragons volants pour venir troubler les solennités auxquelles elles n'avaient pas été conviées. Les observateurs les plus exercés pouvaient alors seuls deviner l'inquiétude des maîtres du logis, qui savaient dissimuler leurs sentiments avec
215 une singulière habileté. Mais, parfois, tout en dansant dans un quadrille, la trop naïve Marianina jetait un regard de terreur

1. *Bailli de Ferrette :* une figure parisienne en vue, longtemps ambassadeur à Paris du grand-duc de Bade. \ **2.** *Comte de Saint-Germain :* autre aventurier mystérieux, qui fut célèbre en France entre 1750 et 1760, par ses pratiques de spiritisme. Il se prétendait multicentenaire.

sur le vieillard qu'elle surveillait au sein des groupes. Ou bien Filippo s'élançait en se glissant à travers la foule, pour le joindre, et restait auprès de lui, tendre et attentif, comme si le contact des hommes ou le moindre souffle dût briser cette créature bizarre. La comtesse tâchait de s'en approcher, sans paraître avoir eu l'intention de le rejoindre ; puis, en prenant des manières et une physionomie autant empreintes de servilité que de tendresse, de soumission que de despotisme, elle disait deux ou trois mots auxquels déférait [1] presque toujours le vieillard, il disparaissait emmené, ou, pour mieux dire, emporté par elle. Si Mme de Lanty n'était pas là, le comte employait mille stratagèmes pour arriver à lui ; mais il avait l'air de s'en faire écouter difficilement, et le traitait comme un enfant gâté dont la mère écoute les caprices ou redoute la mutinerie. Quelques indiscrets s'étant hasardés à questionner étourdiment le comte de Lanty, cet homme froid et réservé n'avait jamais paru comprendre l'interrogation des curieux. Aussi, après bien des tentatives, que la circonspection de tous les membres de cette famille rendit vaines, personne ne chercha-t-il à découvrir un secret si bien gardé. Les espions de bonne compagnie, les gobe-mouches [2] et les politiques avaient fini, de guerre lasse, par ne plus s'occuper de ce mystère.

Mais en ce moment il y avait peut-être au sein de ces salons resplendissants des philosophes qui, tout en prenant une glace, un sorbet, ou en posant sur une console leur verre vide de punch, se disaient : « Je ne serais pas étonné d'apprendre que ces gens-là sont des fripons. Ce vieux, qui se cache et n'apparaît qu'aux équinoxes ou aux solstices [3], m'a tout l'air d'un assassin…

– Ou d'un banqueroutier…

1. *Déférait :* obéissait par respect. \ **2.** *Gobe-mouches :* hommes crédules. \ **3.** *Aux équinoxes ou aux solstices :* l'équinoxe est l'époque de l'année où la durée du jour est égale à celle de la nuit ; le solstice est l'époque de l'année où le Soleil se trouve le plus loin de l'Équateur.

– C'est à peu près la même chose. Tuer la fortune d'un homme, c'est quelquefois pis que de le tuer lui-même.

– Monsieur, j'ai parié vingt louis, il m'en revient quarante.

250 – Ma foi ! monsieur, il n'en reste que trente sur le tapis…

– Hé bien, voyez-vous comme la société est mêlée ici. On n'y peut pas jouer.

– C'est vrai. Mais voilà bientôt six mois que nous n'avons aperçu l'Esprit. Croyez-vous que ce soit un être vivant ?

255 – Hé ! hé ! tout au plus… »

Ces derniers mots étaient dits, autour de moi, par des inconnus qui s'en allèrent au moment où je résumais, dans une dernière pensée, mes réflexions mélangées de noir et de blanc, de vie et de mort. Ma folle imagination autant que mes yeux 260 contemplait tour à tour et la fête, arrivée à son plus haut degré de splendeur, et le sombre tableau des jardins. Je ne sais combien de temps je méditai sur ces deux côtés de la médaille humaine ; mais soudain le rire étouffé d'une jeune femme me réveilla. Je restai stupéfait à l'aspect de l'image qui s'offrit à 265 mes regards. Par un des plus rares caprices de la nature, la pensée en demi-deuil qui se roulait dans ma cervelle en était sortie, elle se trouvait devant moi, personnifiée, vivante, elle avait jailli comme Minerve de la tête de Jupiter[1], grande et forte, elle avait tout à la fois cent ans et vingt-deux ans, elle 270 était vivante et morte. Échappé de sa chambre comme un fou de sa loge, le petit vieillard s'était sans doute adroitement coulé derrière une haie de gens attentifs à la voix de Marianina, qui finissait la cavatine de *Tancrède*[2]. Il semblait être sorti de dessous terre, poussé par quelque mécanisme de théâtre. 275 Immobile et sombre, il resta pendant un moment à regarder cette fête, dont le murmure avait peut-être atteint à ses oreilles.

---

1. *Minerve :* dans la mythologie, Minerve naît toute armée du crâne de Jupiter. \ **2.** *Tancrède :* opéra de Rossini représenté à Venise en 1813 et repris avec succès à Paris en 1822. La cavatine est une pièce vocale pour soliste, plus courte qu'un air véritable.

Sa préoccupation, presque somnambulique, était si concentrée
sur les choses qu'il se trouvait au milieu du monde sans voir le
monde. Il avait surgi sans cérémonie auprès d'une des plus
280 ravissantes femmes de Paris, danseuse élégante et jeune, aux
formes délicates, une de ces figures aussi fraîches que l'est celle
d'un enfant, blanches et roses, et si frêles, si transparentes,
qu'un regard d'homme semble devoir les pénétrer, comme les
rayons du soleil traversent une glace pure. Ils étaient là, devant
285 moi, tous deux, ensemble, unis et si serrés, que l'étranger frois-
sait et la robe de gaze, et les guirlandes de fleurs, et les cheveux
légèrement crêpés, et la ceinture flottante.

J'avais amené cette jeune femme au bal de Mme de Lanty.
Comme elle venait pour la première fois dans cette maison, je
290 lui pardonnai son rire étouffé ; mais je lui fis vivement je ne sais
quel signe impérieux qui la rendit tout interdite et lui donna
du respect pour son voisin. Elle s'assit près de moi. Le vieillard
ne voulut pas quitter cette délicieuse créature, à laquelle il s'at-
tacha capricieusement avec cette obstination muette et sans
295 cause apparente, dont sont susceptibles les gens extrêmement
âgés, et qui les fait ressembler à des enfants. Pour s'asseoir
auprès de la jeune dame, il lui fallut prendre un pliant. Ses
moindres mouvements furent empreints de cette lourdeur
froide, de cette stupide indécision qui caractérisent les gestes
300 d'un paralytique. Il se posa lentement sur son siège, avec
circonspection, et en grommelant quelques paroles inintelli-
gibles. Sa voix cassée ressembla au bruit que fait une pierre en
tombant dans un puits. La jeune femme me pressa vivement
la main, comme si elle eût cherché à se garantir d'un précipice,
305 et frissonna quand cet homme, qu'elle regardait, tourna sur elle
deux yeux sans chaleur, deux yeux glauques qui ne pouvaient
se comparer qu'à la nacre ternie.

« J'ai peur, me dit-elle en se penchant à mon oreille.

– Vous pouvez parler, répondis-je. Il entend très difficilement.

– Vous le connaissez donc ?

– Oui. »

Elle s'enhardit alors assez pour examiner pendant un moment cette créature sans nom dans le langage humain, forme sans substance, être sans vie, ou vie sans action. Elle était sous le charme de cette craintive curiosité qui pousse les femmes à se procurer des émotions dangereuses, à voir des tigres enchaînés, à regarder des boas, en s'effrayant de n'en être séparées que par de faibles barrières. Quoique le petit vieillard eût le dos courbé comme celui d'un journalier[1], on s'apercevait facilement que sa taille avait dû être ordinaire. Son excessive maigreur, la délicatesse de ses membres, prouvaient que ses proportions étaient toujours restées sveltes. Il portait une culotte de soie noire, qui flottait autour de ses cuisses décharnées en décrivant des plis comme une voile abattue. Un anatomiste eût reconnu soudain les symptômes d'une affreuse étisie[2] en voyant les petites jambes qui servaient à soutenir ce corps étrange. Vous eussiez dit de deux os mis en croix sur une tombe. Un sentiment de profonde horreur pour l'homme saisissait le cœur quand une fatale attention vous dévoilait les marques imprimées par la décrépitude à cette casuelle[3] machine. L'inconnu portait un gilet blanc, brodé d'or, à l'ancienne mode, et son linge était d'une blancheur éclatante. Un jabot de dentelle d'Angleterre assez roux, dont la richesse eût été enviée par une reine, formait des ruches[4] jaunes sur sa poitrine ; mais sur lui cette dentelle était plutôt un haillon qu'un ornement. Au milieu de ce jabot, un diamant d'une valeur incalculable scintillait comme le soleil. Ce luxe suranné, ce trésor intrinsèque et sans goût, faisaient encore mieux ressortir la figure de cet être bizarre. Le cadre était digne du

1. *Journalier :* travailleur payé à la journée, souvent un ouvrier agricole. \ **2.** *Étisie :* terme médical désignant une extrême maigreur. \ **3.** *Casuelle :* au sens de fragile, ici. \ **4.** *Ruches :* bandes étroites de dentelle, plissées ou froncées.

340 portrait. Ce visage noir était anguleux et creusé dans tous les
sens. Le menton était creux ; les tempes étaient creuses ; les
yeux étaient perdus en de jaunâtres orbites. Les os maxillaires,
rendus saillants par une maigreur indescriptible, dessinaient
des cavités au milieu de chaque joue. Ces gibbosités [1], plus ou
345 moins éclairées par les lumières, produisirent des ombres et des
reflets curieux qui achevaient d'ôter à ce visage les caractères
de la face humaine. Puis les années avaient si fortement collé
sur les os la peau jaune et fine de ce visage qu'elle y décrivait
partout une multitude de rides ou circulaires [2], comme les
350 replis de l'eau troublée par un caillou que jette un enfant, ou
étoilées comme une fêlure de vitre, mais toujours profondes et
aussi pressées que les feuillets dans la tranche d'un livre.
Quelques vieillards nous présentent souvent des portraits plus
hideux ; mais ce qui contribuait le plus à donner l'apparence
355 d'une création artificielle au spectre survenu devant nous, était
le rouge et le blanc dont il reluisait. Les sourcils de son masque
recevaient de la lumière un lustre qui révélait une peinture très
bien exécutée. Heureusement pour la vue attristée de tant de
ruines, son crâne cadavéreux était caché sous une perruque
360 blonde dont les boucles innombrables trahissaient une préten-
tion extraordinaire. Du reste, la coquetterie féminine de
ce personnage fantasmagorique était assez énergiquement
annoncée par les boucles d'or qui pendaient à ses oreilles, par
les anneaux dont les admirables pierreries brillaient à ses doigts
365 ossifiés, et par une chaîne de montre qui scintillait comme les
chatons d'une rivière au cou d'une femme. Enfin, cette espèce
d'idole japonaise conservait sur ses lèvres bleuâtres un rire fixe
et arrêté, un rire implacable et goguenard, comme celui d'une
tête de mort. Silencieuse, immobile autant qu'une statue, elle
370 exhalait l'odeur musquée des vieilles robes que les héritiers

1. *Gibbosités :* bosses. \ **2.** *Circulaires :* terme de chirurgie ; bandes qui entourent un membre.

d'une duchesse exhument de ses tiroirs pendant un inventaire. Si le vieillard tournait les yeux vers l'assemblée, il semblait que les mouvements de ces globes incapables de réfléchir une lueur se fussent accomplis par un artifice imperceptible ; et quand les 375 yeux s'arrêtaient, celui qui les examinait finissait par douter qu'ils eussent remué. Voir, auprès de ces débris humains, une jeune femme dont le cou, les bras et le corsage étaient nus et blancs ; dont les formes pleines et verdoyantes de beauté, dont les cheveux bien plantés sur un front d'albâtre inspiraient 380 l'amour, dont les yeux ne recevaient pas, mais répandaient la lumière, qui était suave, fraîche, et dont les boucles vaporeuses, dont l'haleine embaumée semblaient trop lourdes, trop dures, trop puissantes pour cette ombre, pour cet homme en poussière ; ah ! c'était bien la mort et la vie, ma pensée, une 385 arabesque imaginaire, une chimère[1] hideuse à moitié, divinement femelle par le corsage.

« Il y a pourtant de ces mariages-là qui s'accomplissent assez souvent dans le monde », me dis-je.

« Il sent le cimetière », s'écria la jeune femme épouvantée 390 qui me pressa comme pour s'assurer de ma protection, et dont les mouvements tumultueux me dirent qu'elle avait grand-peur. « C'est une horrible vision, reprit-elle, je ne saurais rester là plus longtemps. Si je le regarde encore, je croirai que la mort elle-même est venue me chercher. Mais vit-il ? »

395 Elle porta la main sur le phénomène avec cette hardiesse que les femmes puisent dans la violence de leurs désirs ; mais une sueur froide sortit de ses pores, car aussitôt qu'elle eut touché le vieillard, elle entendit un cri semblable à celui d'une crécelle. Cette aigre voix, si c'était une voix, s'échappa d'un gosier 400 presque desséché. Puis à cette clameur succéda vivement une petite toux d'enfant, convulsive et d'une sonorité particulière.

1. *Chimère :* monstre mythologique, qui tient du lion, de la chèvre et du dragon. Au sens figuré, un assemblage étonnant.

À ce bruit, Marianina, Filippo et Mme de Lanty jetèrent les yeux sur nous, et leurs regards furent comme des éclairs. La jeune femme aurait voulu être au fond de la Seine. Elle prit
405 mon bras et m'entraîna vers un boudoir. Hommes et femmes, tout le monde nous fit place. Parvenus au fond des appartements de réception, nous entrâmes dans un petit cabinet demi-circulaire. Ma compagne se jeta sur un divan, palpitant d'effroi, sans savoir où elle était.

410 « Madame, vous êtes folle, lui dis-je.

– Mais, reprit-elle après un moment de silence pendant lequel je l'admirai, est-ce ma faute ? Pourquoi Mme de Lanty laisse-t-elle errer des revenants dans son hôtel ?

– Allons, répondis-je, vous imitez les sots. Vous prenez un
415 petit vieillard pour un spectre.

– Taisez-vous », répliqua-t-elle avec cet air imposant et railleur que toutes les femmes savent si bien prendre quand elles veulent avoir raison. « Le joli boudoir ! s'écria-t-elle en regardant autour d'elle. Le satin bleu fait toujours à merveille
420 en tenture. Est-ce frais ! Ah ! le beau tableau ! » ajouta-t-elle en se levant, et allant se mettre en face d'une toile magnifiquement encadrée.

Nous restâmes pendant un moment dans la contemplation de cette merveille, qui semblait due à quelque pinceau surnaturel.
425 Le tableau représentait Adonis [1] étendu sur une peau de lion. La lampe suspendue au milieu du boudoir, et contenue dans un vase d'albâtre, illuminait alors cette toile d'une lueur douce qui nous permit de saisir toutes les beautés de la peinture.

« Un être si parfait existe-t-il ? » me demanda-t-elle après avoir
430 examiné, non sans un doux sourire de contentement, la grâce exquise des contours, la pose, la couleur, les cheveux, tout enfin.

---

1. *Adonis* : dans la mythologie, jeune homme d'une grande beauté, aimé d'Aphrodite. Il est souvent représenté sous des traits efféminés. Tableau fictif ici, mais dont la description renvoie au *Sommeil d'Endymion* de Girodet.

« Il est trop beau pour un homme », ajouta-t-elle après un examen pareil à celui qu'elle aurait fait d'une rivale.

Oh ! comme je ressentis alors les atteintes de cette jalousie
435 à laquelle un poète avait essayé vainement de me faire croire ! la jalousie des gravures, des tableaux, des statues, où les artistes exagèrent la beauté humaine, par suite de la doctrine qui les porte à tout idéaliser.

« C'est un portrait, lui répondis-je. Il est dû au talent de
440 Vien[1]. Mais ce grand peintre n'a jamais vu l'original, et votre admiration sera moins vive peut-être quand vous saurez que cette académie[2] a été faite d'après une statue de femme.

– Mais qui est-ce ? »

J'hésitai.

445 « Je veux le savoir, ajouta-t-elle vivement.

– Je crois, lui dis-je, que cet Adonis représente un… un… un parent de Mme de Lanty. »

J'eus la douleur de la voir abîmée dans la contemplation de cette figure. Elle s'assit en silence, je me mis auprès d'elle, et
450 lui pris la main sans qu'elle s'en aperçût ! Oublié pour un portrait ! En ce moment le bruit léger des pas d'une femme dont la robe frémissait retentit dans le silence. Nous vîmes entrer la jeune Marianina, plus brillante encore par son expression d'innocence que par sa grâce et par sa fraîche toilette ; elle
455 marchait alors lentement, et tenait avec un soin maternel, avec une filiale sollicitude, le spectre habillé qui nous avait fait fuir du salon de musique ; elle le conduisit en le regardant avec une espèce d'inquiétude posant lentement ses pieds débiles[3]. Tous deux, ils arrivèrent assez péniblement à une porte cachée dans
460 la tenture. Là, Marianina frappa doucement. Aussitôt apparut,

1. *Vien :* Joseph Marie Vien (1716-1809) ; il est l'initiateur du néo-classicisme en peinture, prônant l'imitation des modèles antiques. Il a été célébré par Diderot. \ **2.** *Académie :* exercice de dessin, de peinture pratiqué à l'Académie, où l'on travaille d'après le modèle nu. \ **3.** *Débiles :* faibles, sans force.

comme par magie, un grand homme sec, espèce de génie familier. Avant de confier le vieillard à ce gardien mystérieux, la jeune enfant baisa respectueusement le cadavre ambulant, et sa chaste caresse ne fut pas exempte de cette câlinerie gracieuse
465 dont le secret appartient à quelques femmes privilégiées.

« *Addio, addio !* » disait-elle avec les inflexions les plus jolies de sa jeune voix.

Elle ajouta même sur la dernière syllabe une roulade [1] admirablement bien exécutée, mais à voix basse, et comme pour
470 peindre l'effusion de son cœur par une expression poétique. Le vieillard, frappé subitement par quelque souvenir, resta sur le seuil de ce réduit secret. Nous entendîmes alors, grâce à un profond silence, le soupir lourd qui sortit de sa poitrine : il tira la plus belle des bagues dont ses doigts de squelette étaient
475 chargés, et la plaça dans le sein de Marianina. La jeune folle se mit à rire, reprit la bague, la glissa par-dessus son gant à l'un de ses doigts, et s'élança vivement vers le salon, où retentirent à ce moment les préludes d'une contredanse. Elle nous aperçut.

« Ah ! vous étiez là ! » dit-elle en rougissant.

480 Après nous avoir regardés comme pour nous interroger, elle courut à son danseur avec l'insouciante pétulance [2] de son âge.

« Qu'est-ce que cela veut dire ? me demanda ma jeune partenaire. Est-ce son mari ? Je crois rêver. Où suis-je ?

– Vous ! répondis-je, vous, madame, qui êtes exaltée et qui,
485 comprenant si bien les émotions les plus imperceptibles, savez cultiver dans un cœur d'homme le plus délicat des sentiments, sans le flétrir, sans le briser dès le premier jour, vous qui avez pitié des peines du cœur et qui à l'esprit d'une Parisienne joignez une âme passionnée digne de l'Italie ou de l'Espagne… [3] »

1. *Roulade :* suite de notes légères et rapides, chantées sur une seule syllabe. \ **2.** *Pétulance :* vivacité. \ **3.** *Une âme* […] *l'Espagne :* les contes d'amour et de mort, de « passions énergiques » dans un décor italien ou espagnol sont à la mode à l'époque romantique. Stendhal, Mérimée, Gautier s'y sont illustrés.

490 Elle vit bien que mon langage était empreint d'une ironie amère ; et, alors, sans avoir l'air d'y prendre garde, elle m'interrompit pour dire : « Oh ! vous me faites à votre goût. Singulière tyrannie ! Vous voulez que je ne sois pas *moi*.

– Oh ! je ne veux rien, m'écriai-je épouvanté de son attitude 495 sévère. Au moins est-il vrai que vous aimez à entendre raconter l'histoire de ces passions énergiques enfantées dans nos cœurs par les ravissantes femmes du Midi ?

– Oui. Hé bien ?

– Hé bien, j'irai demain soir chez vous vers neuf heures, et 500 je vous révélerai ce mystère.

– Non, répondit-elle d'un air mutin, je veux l'apprendre sur-le-champ.

– Vous ne m'avez pas encore donné le droit de vous obéir quand vous dites : "Je veux."

505 – En ce moment, répondit-elle avec une coquetterie désespérante, j'ai le plus vif désir de connaître ce secret. Demain, je ne vous écouterai peut-être pas… »

Elle sourit, et nous nous séparâmes ; elle toujours aussi fière, aussi rude, et moi toujours aussi ridicule en ce moment que 510 toujours. Elle eut l'audace de valser avec un jeune aide de camp, et je restai tour à tour fâché, boudeur, admirant, aimant, jaloux.

« À demain », me dit-elle vers deux heures du matin, quand elle sortit du bal.

« Je n'irai pas, pensais-je, et je t'abandonne. Tu es plus capri-515 cieuse, plus fantasque mille fois peut-être… que mon imagination[1]. »

Le lendemain, nous étions devant un bon feu, dans un petit salon élégant, assis tous deux ; elle sur une causeuse ; moi, sur des coussins, presque à ses pieds, et mon œil sous le sien. La

1. La première partie du récit (intitulée « Les deux portraits ») se terminait là dans la publication du 21 novembre 1830 de *La Revue de Paris*. La seconde livraison parut une semaine plus tard, sous le titre : « Une passion d'artiste. »

rue était silencieuse. La lampe jetait une clarté douce. C'était une de ces soirées délicieuses à l'âme, un de ces moments qui ne s'oublient jamais, une de ces heures passées dans la paix et le désir, et dont, plus tard, le charmc est toujours un sujet de regret, même quand nous nous trouvons plus heureux. Qui peut effacer la vive empreinte des premières sollicitations de l'amour ?

« Allons, dit-elle, j'écoute.

– Mais je n'ose commencer. L'aventure a des passages dangereux pour le narrateur. Si je m'enthousiasme, vous me ferez taire.

– Parlez.

– J'obéis.

– Ernest-Jean Sarrasine [1] était le seul fils d'un procureur de la Franche-Comté, repris-je après une pause. Son père avait assez loyalement gagné six à huit mille livres de rente, fortune de praticien [2] qui, jadis, en province, passait pour colossale. Le vieux maître Sarrasine, n'ayant qu'un enfant, ne voulut rien négliger pour son éducation, il espérait en faire un magistrat, et vivre assez longtemps pour voir, dans ses vieux jours, le petit-fils de Matthieu Sarrasine, laboureur au pays de Saint-Dié [3], s'asseoir sur les lys [4] et dormir à l'audience pour la plus grande gloire du Parlement ; mais le ciel ne réservait pas cette joie au procureur. Le jeune Sarrasine, confié de bonne heure aux Jésuites, donna les preuves d'une turbulence peu commune. Il eut l'enfance d'un homme de talent. Il ne voulait étudier qu'à sa guise, se révoltait souvent, et restait parfois des heures

---

1. *Ernest-Jean Sarrasine :* le sculpteur français Jacques Sarrazin, parfois orthographié Sarazin (1588-1660), alla se former à Rome, et de retour en France travailla pour les façades du Louvre. Diderot, dont les écrits esthétiques ont pu influencer Balzac, le cite dans son *Salon de 1767* (voir « L'œuvre dans l'histoire », p. 106). \ **2.** *Praticien :* homme de loi, qui sait procéder en justice. \ **3.** *Saint-Dié :* ce lieu est en réalité dans les Vosges. \ **4.** *Sur les lys :* cette fleur est l'emblème de la royauté. L'expression renvoie à toute carrière approuvée par le roi.

entières plongé dans de confuses méditations, occupé, tantôt à contempler ses camarades quand ils jouaient, tantôt à se représenter le héros d'Homère. Puis, s'il lui arrivait de se
550 divertir, il mettait une ardeur extraordinaire dans ses jeux. Lorsqu'une lutte s'élevait entre un camarade et lui, rarement le combat finissait sans qu'il y eût du sang répandu. S'il était le plus faible, il mordait. Tour à tour agissant ou passif, sans aptitude ou trop intelligent, son caractère bizarre le fit redouter
555 de ses maîtres autant que de ses camarades. Au lieu d'apprendre les éléments de la langue grecque, il dessinait le révérend père qui leur expliquait un passage de Thucydide[1], croquait le maître de mathématiques, le préfet, les valets, le correcteur, et barbouillait tous les murs d'esquisses informes.
560 Au lieu de chanter les louanges du Seigneur à l'église, il s'amusait, pendant les offices, à déchiqueter un banc; ou quand il avait volé quelque morceau de bois, il sculptait quelque figure de sainte. Si le bois, la pierre ou le crayon lui manquaient, il rendait ses idées avec de la mie de pain. Soit qu'il copiât les
565 personnages des tableaux qui garnissaient le chœur, soit qu'il improvisât, il laissait toujours à sa place de grossières ébauches, dont le caractère licencieux désespérait les plus jeunes pères; et les médisants prétendaient que les vieux jésuites en souriaient. Enfin, s'il faut en croire la chronique du collège, il
570 fut chassé pour avoir, en attendant son tour au confessionnal, un vendredi saint, sculpté une grosse bûche en forme de Christ. L'impiété gravée sur cette statue était trop forte pour ne pas attirer un châtiment à l'artiste. N'avait-il pas eu l'audace de placer sur le haut du tabernacle[2] cette figure passablement
575 cynique! Sarrasine vint chercher à Paris un refuge contre les menaces de la malédiction paternelle. Ayant une de ces

---

1. *Thucydide :* historien grec de l'Antiquité. \ **2.** *Tabernacle :* dans une église, petite armoire au milieu de l'autel qui contient le ciboire, où sont conservées les hosties consacrées.

volontés fortes qui ne connaissent pas d'obstacles, il obéit aux ordres de son génie et entra dans l'atelier de Bouchardon[1]. Il travaillait pendant toute la journée, et, le soir, allait mendier
580 sa subsistance. Bouchardon, émerveillé des progrès et de l'intelligence du jeune artiste, devina bientôt la misère dans laquelle se trouvait son élève ; il le secourut, le prit en affection, et le traita comme son enfant. Puis, lorsque le génie de Sarrasine se fut dévoilé par une de ces œuvres où le talent à
585 venir lutte contre l'effervescence de la jeunesse, le généreux Bouchardon essaya de le remettre dans les bonnes grâces du vieux procureur. Devant l'autorité du sculpteur célèbre le courroux paternel s'apaisa. Besançon tout entier se félicita d'avoir donné le jour à un grand homme futur. Dans le premier
590 moment d'extase où le plongea sa vanité flattée, le praticien avare mit son fils en état de paraître avec avantage dans le monde. Les longues et laborieuses études exigées par la sculpture domptèrent pendant longtemps le caractère impétueux et le génie sauvage de Sarrasine. Bouchardon, prévoyant la
595 violence avec laquelle les passions se déchaîneraient dans cette jeune âme, peut-être aussi vigoureusement trempée que celle de Michel-Ange[2], en étouffa l'énergie sous des travaux continus. Il réussit à maintenir dans de justes bornes la fougue extraordinaire de Sarrasine, en lui défendant de travailler, en lui
600 proposant des distractions quand il le voyait emporté par la furie de quelque pensée, ou en lui confiant d'importants travaux au moment où il était prêt à se livrer à la dissipation. Mais, auprès de cette âme passionnée, la douceur fut toujours la plus puissante de toutes les armes, et le maître ne prit un
605 grand empire sur son élève qu'en en excitant la reconnaissance

1. *Bouchardon :* il s'agit du sculpteur Edme Bouchardon (1698-1762), qui étudia dix ans à Rome puis travailla pour les jardins de Versailles. Admirateur de la sculpture antique, il s'opposa à la mode du style « rocaille » et amorça la réaction néoclassique. \ **2.** *Michel-Ange* (1475-1564) : sculpteur, peintre et architecte italien, il était connu pour son caractère ombrageux.

par une bonté paternelle. À l'âge de vingt-deux ans, Sarrasine fut forcément soustrait à la salutaire influence que Bouchardon exerçait sur ses mœurs et sur ses habitudes. Il porta les peines de son génie en gagnant le prix de sculpture fondé par le
610 marquis de Marigny, le frère de Mme de Pompadour[1], qui fit tant pour les Arts. Diderot vanta comme un chef-d'œuvre la statue de l'élève de Bouchardon. Ce ne fut pas sans une profonde douleur que le sculpteur du Roi vit partir pour l'Italie un jeune homme dont, par principe, il avait entretenu l'igno-
615 rance profonde sur les choses de la vie. Sarrasine était depuis six ans le commensal[2] de Bouchardon. Fanatique de son art comme Canova[3] le fut depuis, il se levait au jour, entrait dans l'atelier pour n'en sortir qu'à la nuit, et ne vivait qu'avec sa muse. S'il allait à la Comédie-Française, il y était entraîné par
620 son maître. Il se sentait si gêné chez Mme Geoffrin[4] et dans le grand monde où Bouchardon essaya de l'introduire, qu'il préféra rester seul, et répudia les plaisirs de cette époque licencieuse. Il n'eut pas d'autre maîtresse que la Sculpture et Clotilde, l'une des célébrités de l'Opéra. Encore cette intrigue
625 ne dura-t-elle pas. Sarrasine était assez laid, toujours mal mis, et de sa nature si libre, si peu régulier dans sa vie privée, que l'illustre nymphe, redoutant quelque catastrophe, rendit bientôt le sculpteur à l'amour des Arts. Sophie Arnould[5] a dit je ne sais quel bon mot à ce sujet. Elle s'étonna, je crois, que
630 sa camarade eût pu l'emporter sur des statues. Sarrasine partit pour l'Italie en 1758. Pendant le voyage, son imagination ardente s'enflamma sous un ciel de cuivre et à l'aspect des

---

1. *Mme de Pompadour* (1721-1764) : de son vrai nom Jeanne Antoinette Poisson, elle fut l'une des favorites de Louis XV. Son frère Abel Poisson, devenu marquis de Marigny (1727-1781), fut nommé directeur des Bâtiments du roi. \ **2.** *Commensal :* qui partage la table d'une autre personne. Ici, plus largement, hôte. \ **3.** *Canova :* sculpteur italien (1757-1822), principal représentant du néoclassicisme en Europe. \ **4.** *Mme Geoffrin* (1699-1777) : elle fut célèbre pour son salon que fréquentaient des artistes et les philosophes de l'*Encyclopédie*. \ **5.** *Sophie Arnould* (1744-1803) : cantatrice de grande réputation, qui a laissé des mémoires (intitulées *Arnouldiana*).

monuments merveilleux dont est semée la patrie des Arts. Il admira les statues, les fresques, les tableaux ; et, plein d'ému-
635 lation, il vint à Rome, en proie au désir d'inscrire son nom entre les noms de Michel-Ange et de M. Bouchardon. Aussi, pendant les premiers mois, partagea-t-il son temps entre ses travaux d'atelier et l'examen des œuvres d'art qui abondent à Rome. Il avait déjà passé quinze jours dans l'état d'extase qui
640 saisit toutes les jeunes imaginations à l'aspect de la reine des ruines, quand, un soir, il entra au théâtre d'*Argentina*[1], devant lequel se pressait une grande foule. Il s'enquit des causes de cette affluence, et le monde répondit par deux noms : “Zambinella ! Jomelli[2] !” Il entre et s'assied au parterre, pressé
645 par deux *abbati*[3] notablement gros ; mais il était assez heureusement placé près de la scène. La toile se leva. Pour la première fois de sa vie il entendit cette musique dont M. Jean-Jacques Rousseau lui avait si éloquemment vanté les délices, pendant une soirée du baron d'Holbach[4]. Les sens du jeune sculpteur
650 furent, pour ainsi dire, lubrifiés par les accents de la sublime harmonie de Jomelli. Les langoureuses originalités de ces voix italiennes habilement mariées le plongèrent dans une ravissante extase. Il resta muet, immobile, ne se sentant pas même foulé par deux prêtres. Son âme passa dans ses oreilles et dans
655 ses yeux. Il crut écouter par chacun de ses pores. Tout à coup des applaudissements à faire crouler la salle accueillirent l'entrée en scène de la *prima donna*[5]. Elle s'avança par coquetterie sur le devant du théâtre, et salua le public avec une grâce infinie. Les lumières, l'enthousiasme de tout un peuple, l'illu-
660 sion de la scène, les prestiges d'une toilette qui, à cette époque, était assez engageante, conspirèrent en faveur de cette femme.

1. *théâtre d'Argentina* : c'est dans ce théâtre romain que fut créé *Le Barbier de Séville* de Rossini, en 1816. Stendhal l'évoque dans ses *Promenades dans Rome.* \ **2.** *Jomelli* (1714-1774) : compositeur italien, auteur d'une soixantaine d'opéras. \ **3.** *Abbati* : abbés. \ **4.** *Baron d'Holbach* (1723-1789) : il a été un collaborateur de *l'Encyclopédie.* \ **5.** *Prima donna* : expression italienne qui désigne la cantatrice qui tient le premier rôle dans un opéra.

Sarrasine poussa des cris de plaisir. Il admirait en ce moment la beauté idéale de laquelle il avait jusqu'alors cherché çà et là les perfections dans la nature, en demandant à un modèle,
665 souvent ignoble, les rondeurs d'une jambe accomplie ; à tel autre, les contours du sein ; à celui-là, ses blanches épaules ; prenant enfin le cou d'une jeune fille, et les mains de cette femme, et les genoux polis de cet enfant, sans rencontrer jamais sous le ciel froid de Paris les riches et suaves créations de la
670 Grèce antique. La Zambinella lui montrait réunies, bien vivantes et délicates, ces exquises proportions de la nature féminine si ardemment désirées, desquelles un sculpteur est, tout à la fois, le juge le plus sévère et le plus passionné. C'était une bouche expressive, des yeux d'amour, un teint d'une blancheur
675 éblouissante. Et joignez à ces détails, qui eussent ravi un peintre, toutes les merveilles des Vénus révérées et rendues par le ciseau des Grecs. L'artiste ne se lassait pas d'admirer la grâce inimitable avec laquelle les bras étaient attachés au buste, la rondeur prestigieuse du cou, les lignes harmonieusement
680 décrites par les sourcils, par le nez, puis l'ovale parfait du visage, la pureté de ses contours vifs, et l'effet de cils fournis, recourbés qui terminaient de larges et voluptueuses paupières. C'était plus qu'une femme, c'était un chef-d'œuvre ! Il se trouvait dans cette création inespérée de l'amour à ravir tous les hommes, et
685 des beautés dignes de satisfaire un critique. Sarrasine dévorait des yeux la statue de Pygmalion, pour lui descendue de son piédestal[1]. Quand la Zambinella chanta, ce fut un délire. L'artiste eut froid ; puis, il sentit un foyer qui pétilla soudain dans les profondeurs de son être intime, de ce que nous nommons
690 le cœur, faute de mot ! Il n'applaudit pas, il ne dit rien, il éprouvait un mouvement de folie, espèce de frénésie qui ne nous agite qu'à cet âge où le désir a je ne sais quoi de terrible

1. *Pygmalion* [...] *piédestal* : Pygmalion, sculpteur légendaire, tomba amoureux de sa statue, Galatée, et pria Aphrodite de donner vie à cette femme sculptée.

et d'infernal. Sarrasine voulait s'élancer sur le théâtre et s'emparer de cette femme. Sa force, centuplée par une dépression
695 morale impossible à expliquer, puisque ces phénomènes se passent dans une sphère inaccessible à l'observation humaine, tendait à se projeter avec une violence douloureuse. À le voir, on eût dit d'un homme froid et stupide[1]. Gloire, science, avenir, existence, couronnes, tout s'écroula. « Être aimé d'elle,
700 ou mourir », tel fut l'arrêt que Sarrasine porta sur lui-même. Il était si complètement ivre qu'il ne voyait plus ni salle, ni spectateurs, ni acteurs, n'entendait plus de musique. Bien mieux, il n'existait pas de distance entre lui et la Zambinella, il la possédait, ses yeux, attachés sur elle, s'emparaient d'elle.
705 Une puissance presque diabolique lui permettait de sentir le vent de cette voix, de respirer la poudre embaumée dont ces cheveux étaient imprégnés, de voir les méplats[2] de ce visage, d'y compter les veines bleues qui en nuançaient la peau satinée. Enfin cette voix agile, fraîche et d'un timbre argenté, souple
710 comme un fil auquel le moindre souffle d'air donne une forme, qu'il roule et déroule, développe et disperse, cette voix attaquait si vivement son âme qu'il laissa plus d'une fois échapper de ces cris involontaires arrachés par les délices convulsives trop rarement données par les passions humaines. Bientôt il fut
715 obligé de quitter le théâtre. Ses jambes tremblantes refusaient presque de le soutenir. Il était abattu, faible comme un homme nerveux qui s'est livré à quelque effroyable colère. Il avait eu tant de plaisir, ou peut-être avait-il tant souffert, que sa vie s'était écoulée comme l'eau d'un vase renversé par un choc. Il
720 sentait en lui un vide, un anéantissement semblable à ces atonies qui désespèrent les convalescents au sortir d'une forte maladie. Envahi par une tristesse inexplicable, il alla s'asseoir sur les marches d'une église. Là, le dos appuyé contre une

1. *Stupide :* frappé de stupeur (sens littéral). \ 2. *Méplats :* terme de sculpture, qui désigne les parties relativement planes.

colonne, il se perdit dans une méditation confuse comme un rêve. La passion l'avait foudroyé. De retour au logis, il tomba dans un de ces paroxysmes d'activité qui nous révèlent la présence de principes nouveaux dans notre existence. En proie à cette première fièvre d'amour qui tient autant au plaisir qu'à la douleur, il voulut tromper son impatience et son délire en dessinant la Zambinella de mémoire. Ce fut une sorte de méditation matérielle. Sur telle feuille, la Zambinella se trouvait dans cette attitude, calme et froide en apparence, affectionnée par Raphaël [1], par le Giorgion [2] et par tous les grands peintres. Sur telle autre, elle tournait la tête avec finesse en achevant une roulade, et semblait s'écouter elle-même. Sarrasine crayonna sa maîtresse dans toutes les poses : il la fit sans voile, assise, debout, couchée, ou chaste ou amoureuse, en réalisant, grâce au délire de ses crayons, toutes les idées capricieuses qui sollicitent notre imagination quand nous pensons fortement à une maîtresse. Mais sa pensée furieuse alla plus loin que le dessin. Il voyait la Zambinella, lui parlait, la suppliait, épuisait mille années de vie et de bonheur avec elle, en la plaçant dans toutes les situations imaginables, en essayant, pour ainsi dire, l'avenir avec elle. Le lendemain, il envoya son laquais louer, pour toute la saison, une loge voisine de la scène. Puis, comme tous les jeunes gens dont l'âme est puissante, il s'exagéra les difficultés de son entreprise, et donna, pour première pâture à sa passion, le bonheur de pouvoir admirer sa maîtresse sans obstacles. Cet âge d'or de l'amour, pendant lequel nous jouissons de notre propre sentiment et où nous nous trouvons heureux presque par nous-mêmes, ne devait pas durer longtemps chez Sarrasine. Cependant les événements le surprirent quand il était encore sous le charme de cette printanière hallucination, aussi naïve

1. *Raphaël* (1483-1520) : peintre italien célèbre pour ses représentations de la beauté féminine, notamment ses madones. \ **2.** *Le Giorgion :* Giorgione (1477-1510) est surtout cité pour son art de la couleur et de la lumière.

que voluptueuse. Pendant une huitaine de jours, il vécut toute
755 une vie, occupé le matin à pétrir la glaise à l'aide de laquelle il
réussissait à copier la Zambinella, malgré les voiles, les jupes,
les corsets et les nœuds de rubans qui la lui dérobaient. Le soir,
installé de bonne heure dans sa loge, seul, couché sur un sofa,
il se faisait, semblable à un Turc enivré d'opium, un bonheur
760 aussi fécond, aussi prodigue qu'il le souhaitait. D'abord il se
familiarisa graduellement avec les émotions trop vives que lui
donnait le chant de sa maîtresse ; puis il apprivoisa ses yeux à
la voir, et finit par la contempler sans redouter l'explosion de
la sourde rage par laquelle il avait été animé le premier jour.
765 Sa passion devint plus profonde en devenant plus tranquille.
Du reste, le farouche sculpteur ne souffrait pas que sa solitude,
peuplée d'images, parée des fantaisies de l'espérance et pleine
de bonheur, fût troublée par ses camarades. Il aimait avec tant
de force et si naïvement qu'il eut à subir les innocents scrupules
770 dont nous sommes assaillis quand nous aimons pour la
première fois. En commençant à entrevoir qu'il faudrait bientôt
agir, s'intriguer[1], demander où demeurait la Zambinella,
savoir si elle avait une mère, un oncle, un tuteur, une famille ;
en songeant enfin aux moyens de la voir, de lui parler, il sentait
775 son cœur se gonfler si fort à des idées si ambitieuses, qu'il
remettait ces soins au lendemain, heureux de ses souffrances
physiques autant que de ses plaisirs intellectuels.

– Mais, me dit Mme de Rochefide[2] en m'interrompant, je
ne vois encore ni Marianina ni son petit vieillard.

780 – Vous ne voyez que lui, m'écriai-je impatienté comme un
auteur auquel on fait manquer l'effet d'un coup de théâtre.
Depuis quelques jours, repris-je après une pause, Sarrasine était

---

1. *S'intriguer :* la forme pronominale du verbe est fréquente en 1830. Inventer des stratagèmes, manœuvrer. \ **2.** *Mme de Rochefide :* d'abord nommée comtesse de *** puis Foedora, elle devient en 1844 Beatrix de Rochefide, du nom du personnage de *Beatrix*. Elle commente d'une certaine manière ce nom à la fin (« comme un roc inaccessible », l. 1246).

si fidèlement venu s'installer dans sa loge, et ses regards exprimaient tant d'amour, que sa passion pour la voix de Zambinella
785 aurait été la nouvelle de tout Paris, si cette aventure s'y fût passée ; mais en Italie, madame, au spectacle, chacun y assiste pour son compte, avec ses passions, avec un intérêt de cœur qui exclut l'espionnage des lorgnettes. Cependant la frénésie du sculpteur ne devait pas échapper longtemps aux regards des
790 chanteurs et des cantatrices. Un soir, le Français s'aperçut qu'on riait de lui dans les coulisses. Il eût été difficile de savoir à quelles extrémités il se serait porté, si la Zambinella n'était pas entrée en scène. Elle jeta sur Sarrasine un des coups d'œil éloquents qui disent souvent beaucoup plus de choses que les
795 femmes ne le veulent. Ce regard fut toute une révélation. Sarrasine était aimé ! "Si ce n'est qu'un caprice, pensa-t-il en accusant déjà sa maîtresse de trop d'ardeur, elle ne connaît pas la domination sous laquelle elle va tomber. Son caprice durera, j'espère, autant que ma vie." En ce moment, trois coups légè-
800 rement frappés à la porte de sa loge excitèrent l'attention de l'artiste. Il ouvrit. Une vieille femme entra mystérieusement. "Jeune homme, dit-elle, si vous voulez être heureux, ayez de la prudence, enveloppez-vous d'une cape, abaissez sur vos yeux un grand chapeau ; puis, vers dix heures du soir, trouvez-vous
805 dans la rue du Corso, devant l'hôtel d'Espagne. – J'y serai", répondit-il en mettant deux louis dans la main ridée de la duègne [1]. Il s'échappa de sa loge, après avoir fait un signe d'intelligence à la Zambinella, qui baissa timidement ses voluptueuses paupières comme une femme heureuse d'être enfin
810 comprise. Puis il courut chez lui, afin d'emprunter à la toilette toutes les séductions qu'elle pourrait lui prêter. En sortant du théâtre, un inconnu l'arrêta par le bras. "Prenez garde à vous, seigneur français, lui dit-il à l'oreille. Il s'agit de vie et de mort.

1. *Duègne :* femme âgée chargée de veiller sur la conduite d'une jeune femme.

Le cardinal Cicognara[1] est son protecteur, et ne badine pas."
815 Quand un démon aurait mis entre Sarrasine et la Zambinella les profondeurs de l'enfer, en ce moment il eût tout traversé d'une enjambée. Semblable aux chevaux des immortels peints par Homère, l'amour du sculpteur avait franchi en un clin d'œil d'immenses espaces. "La mort dût-elle m'attendre au
820 sortir de la maison, j'irais encore plus vite, répondit-il. – *Poverino*[2] *!*" s'écria l'inconnu en disparaissant. Parler de danger à un amoureux, n'est-ce pas lui vendre des plaisirs ? Jamais le laquais de Sarrasine n'avait vu son maître si minutieux en fait de toilette. Sa plus belle épée, présent de Bouchardon, le nœud
825 que Clotilde lui avait donné, son habit pailleté, son gilet de drap d'argent, sa tabatière d'or, ses montres précieuses, tout fut tiré des coffres, et il se para comme une jeune fille qui doit se promener devant son premier amant. À l'heure dite, ivre d'amour et bouillant d'espérance, Sarrasine, le nez dans son
830 manteau, courut au rendez-vous donné par la vieille. La duègne attendait. "Vous avez bien tardé ! lui dit-elle. Venez." Elle entraîna le Français dans plusieurs petites rues, et s'arrêta devant un palais d'assez belle apparence. Elle frappa. La porte s'ouvrit. Elle conduisit Sarrasine à travers un labyrinthe d'es-
835 caliers, de galeries et d'appartements qui n'étaient éclairés que par les lueurs incertaines de la lune, et arriva bientôt à une porte, entre les fentes de laquelle s'échappaient de vives lumières, d'où partaient de joyeux éclats de plusieurs voix. Tout à coup Sarrasine fut ébloui, quand, sur un mot de la
840 vieille, il fut admis dans ce mystérieux appartement, et se trouva dans un salon aussi brillamment éclairé que somptueusement meublé, au milieu duquel s'élevait une table bien servie, chargée de sacro-saintes bouteilles, de riants flacons dont les facettes rougies étincelaient. Il reconnut les chanteurs et les

1. *Cardinal Cicognara :* en réalité le comte de Cicognara (1767-1834), ami du sculpteur Canova, cité par Stendhal pour son *Histoire de la sculpture.* \ **2.** *Poverino ! :* en italien, « pauvre petit ! ».

845 cantatrices du théâtre, mêlés à des femmes charmantes, tous prêts à commencer une orgie d'artistes qui n'attendait plus que lui. Sarrasine réprima un mouvement de dépit, et fit bonne contenance. Il avait espéré une chambre mal éclairée, sa maîtresse auprès d'un brasier, un jaloux à deux pas, la mort et 850 l'amour, des confidences échangées à voix basse, cœur à cœur, des baisers périlleux, et les visages si voisins, que les cheveux de la Zambinella eussent caressé son front chargé de désirs, brûlant de bonheur. "Vive la folie ! s'écria-t-il. *Signori e belle donne*[1], vous me permettrez de prendre plus tard ma revanche, 855 et de vous témoigner ma reconnaissance pour la manière dont vous accueillez un pauvre sculpteur." Après avoir reçu les compliments assez affectueux de la plupart des personnes présentes, qu'il connaissait de vue, il tâcha de s'approcher de la bergère sur laquelle la Zambinella était nonchalamment 860 étendue. Oh ! comme son cœur battit quand il aperçut un pied mignon, chaussé de ces mules qui, permettez-moi de le dire, madame, donnaient jadis au pied des femmes une expression si coquette, si voluptueuse, que je ne sais pas comment les hommes y pouvaient résister. Les bas blancs bien tirés et à coins 865 verts, les jupes courtes, les mules pointues et à talons hauts du règne de Louis XV ont peut-être un peu contribué à démoraliser l'Europe et le clergé.

– Un peu ! dit la marquise. Vous n'avez donc rien lu ?

– La Zambinella, repris-je en souriant, s'était effrontément 870 croisé les jambes, et agitait en badinant celle qui se trouvait dessus, attitude de duchesse, qui allait bien à son genre de beauté capricieuse et pleine d'une certaine mollesse engageante. Elle avait quitté ses habits de théâtre, et portait un corps qui dessinait une taille svelte et que faisaient valoir des 875 paniers et une robe de satin brodée de fleurs bleues. Sa poitrine,

1. *Signori e belle donne* : messieurs et belles dames.

dont une dentelle dissimulait les trésors par un luxe de coquetterie, étincelait de blancheur. Coiffée à peu près comme se coiffait Mme du Barry [1], sa figure, quoique surchargée d'un large bonnet, n'en paraissait que plus mignonne, et la poudre lui
880 seyait bien. La voir ainsi, c'était l'adorer. Elle souriait gracieusement au sculpteur. Sarrasine, tout mécontent de ne pouvoir lui parler que devant témoins, s'assit poliment près d'elle, et l'entretint de musique en la louant sur son prodigieux talent ; mais sa voix tremblait d'amour, de crainte et d'espérance. "Que
885 craignez-vous ? lui dit Vitagliani, le chanteur le plus célèbre de la troupe. Allez, vous n'avez pas un seul rival à craindre ici." Le ténor sourit silencieusement. Ce sourire se répéta sur les lèvres de tous les convives, dont l'attention avait une certaine malice cachée dont ne devait pas s'apercevoir un amoureux.
890 Cette publicité fut comme un coup de poignard que Sarrasine aurait soudainement reçu dans le cœur. Quoique doué d'une certaine force de caractère, et bien qu'aucune circonstance ne dût influer sur son amour, il n'avait peut-être pas encore songé que Zambinella était presque une courtisane, et qu'il ne
895 pouvait pas avoir tout à la fois les jouissances pures qui rendent l'amour d'une jeune fille chose si délicieuse, et les emportements fougueux par lesquels une femme de théâtre fait acheter les trésors de sa passion. Il réfléchit et se résigna. Le souper fut servi. Sarrasine et la Zambinella se mirent sans cérémonie à
900 côté l'un de l'autre. Pendant la moitié du festin, les artistes gardèrent quelque mesure et le sculpteur put causer avec la cantatrice. Il lui trouva de l'esprit, de la finesse ; mais elle était d'une ignorance surprenante, et se montra faible et superstitieuse. La délicatesse de ses organes se reproduisait dans
905 son entendement. Quand Vitagliani déboucha la première bouteille de vin de Champagne, Sarrasine lut dans les yeux de

1. *Mme du Barry* : comtesse du Barry, autre favorite de Louis XV.

sa voisine une crainte assez vive de la petite détonation produite par le dégagement du gaz. Le tressaillement involontaire de cette organisation féminine fut interprété par
910 l'amoureux artiste comme l'indice d'une excessive sensibilité. Cette faiblesse charma le Français. Il entre tant de protection dans l'amour d'un homme! "Vous disposerez de ma puissance comme d'un bouclier!" Cette phrase n'est-elle pas écrite au fond de toutes les déclarations d'amour? Sarrasine, trop
915 passionné pour débiter des galanteries à la belle Italienne, était, comme tous les amants, tour à tour grave, rieur ou recueilli. Quoiqu'il parût écouter les convives, il n'entendait pas un mot de ce qu'ils disaient, tant il s'adonnait au plaisir de se trouver près d'elle, de lui effleurer la main, de la servir. Il nageait dans
920 une joie secrète. Malgré l'éloquence de quelques regards mutuels, il fut étonné de la réserve dans laquelle la Zambinella se tint avec lui. Elle avait bien commencé la première à lui presser le pied et à l'agacer avec la malice d'une femme libre et amoureuse; mais soudain elle s'était enveloppée dans une
925 modestie de jeune fille, après avoir entendu raconter par Sarrasine un trait qui peignit l'excessive violence de son caractère. Quand le souper devint une orgie, les convives se mirent à chanter, inspirés par le peralta et le pedro ximenès [1]. Ce furent des duos ravissants, des airs de la Calabre, des seguidilles espa-
930 gnoles [2], des canzonettes [3] napolitaines. L'ivresse était dans tous les yeux, dans la musique, dans les cœurs et dans les voix. Il déborda tout à coup une vivacité enchanteresse, un abandon cordial, une bonhomie italienne dont rien ne peut donner l'idée à ceux qui ne connaissent que les assemblées de Paris, les raouts
935 de Londres ou les cercles de Vienne. Les plaisanteries et les mots d'amour se croisaient, comme des balles dans une bataille, à travers les rires, les impiétés, les invocations à la sainte Vierge

1. *Le peralta et le pedro ximenès :* vins espagnols. \ **2.** *Seguidilles :* chansons espagnoles. \ **3.** *Canzonettes :* petites chansons italiennes.

ou *al Bambino*[1]. L'un se coucha sur un sofa, et se mit à dormir. Une jeune fille écoutait une déclaration sans savoir qu'elle
940 répandait du vin de Xérès sur la nappe. Au milieu de ce désordre, la Zambinella, comme frappée de terreur, resta pensive. Elle refusa de boire, mangea peut-être un peu trop; mais la gourmandise est, dit-on, une grâce chez les femmes. En admirant la pudeur de sa maîtresse, Sarrasine fit de sérieuses
945 réflexions pour l'avenir. « Elle veut sans doute être épousée », se dit-il. Alors il s'abandonna aux délices de ce mariage. Sa vie entière ne lui semblait pas assez longue pour épuiser la source de bonheur qu'il trouvait au fond de son âme. Vitagliani, son voisin, lui versa si souvent à boire que, vers les trois heures du
950 matin, sans être complètement ivre, Sarrasine se trouva sans force contre son délire. Dans un moment de fougue, il emporta cette femme en se sauvant dans une espèce de boudoir qui communiquait au salon, et sur la porte duquel il avait plus d'une fois tourné les yeux. L'Italienne était armée d'un
955 poignard. "Si tu approches, dit-elle, je serai forcée de te plonger cette arme dans le cœur. Va! tu me mépriserais. J'ai conçu trop de respect pour ton caractère pour me livrer ainsi. Je ne veux pas déchoir du sentiment que tu m'accordes. – Ah, ah! dit Sarrasine, c'est un mauvais moyen pour éteindre une passion
960 que de l'exciter. Es-tu donc déjà corrompue à ce point que, vieille de cœur tu agirais comme une courtisane, qui aiguise les émotions dont elle fait commerce? – Mais c'est aujourd'hui vendredi", répondit-elle effrayée de la violence du Français. Sarrasine, qui n'était pas dévot, se prit à rire. La Zambinella
965 bondit comme un jeune chevreuil et s'élança dans la salle du festin. Quand Sarrasine y apparut courant après elle, il fut accueilli par un rire infernal. Il vit la Zambinella évanouie sur un sofa. Elle était pâle et comme épuisée par l'effort

1. *Al Bambino* : à l'enfant Jésus.

extraordinaire qu'elle venait de faire. Quoique Sarrasine sût peu d'italien, il entendit sa maîtresse disant à voix basse à Vitagliani : "Mais il me tuera !" Cette scène étrange rendit le sculpteur tout confus. La raison lui revint. Il resta d'abord immobile, puis il retrouva la parole, s'assit auprès de sa maîtresse et protesta de son respect. Il trouva la force de donner le change à sa passion en disant à cette femme les discours les plus exaltés ; et, pour peindre son amour, il déploya les trésors de cette éloquence magique, officieux interprète que les femmes refusent rarement de croire. Au moment où les premières lueurs du matin surprirent les convives, une femme proposa d'aller à Frascati. Tous accueillirent par de vives acclamations l'idée de passer la journée à la villa Ludovisi [1]. Vitagliani descendit pour louer des voitures. Sarrasine eut le bonheur de conduire la Zambinella dans un phaéton [2]. Une fois sortis de Rome, la gaieté, un moment réprimée par les combats que chacun avait livrés au sommeil, se réveilla soudain. Hommes et femmes, tous paraissaient habitués à cette vie étrange, à ces plaisirs continus, à cet entraînement d'artiste qui fait de la vie une fête perpétuelle où l'on rit sans arrière-pensées. La compagne du sculpteur était la seule qui parût abattue. "Êtes-vous malade ? lui dit Sarrasine. Aimeriez-vous mieux rentrer chez vous ? – Je ne suis pas assez forte pour supporter tous ces excès, répondit-elle. J'ai besoin de grands ménagements ; mais, près de vous, je me sens si bien ! Sans vous, je ne serais pas restée à ce souper ; une nuit passée me fait perdre toute ma fraîcheur. – Vous êtes si délicate ! reprit Sarrasine en contemplant les traits mignons de cette charmante créature. – Les orgies m'abîment la voix. – Maintenant que nous sommes seuls, s'écria l'artiste, et que vous n'avez plus à craindre l'effervescence de ma passion, dites-moi que vous

1. *Villa Ludovisi :* le cardinal Ludovisi avait fait construire, au XVIIe siècle, une somptueuse villa à Frascati, petite ville près de Rome. \ **2.** *Phaéton :* voiture à chevaux, légère et découverte.

m'aimez. – Pourquoi ? répliqua-t-elle, à quoi bon ? Je vous ai semblé jolie. Mais vous êtes français, et votre sentiment passera. Oh ! vous ne m'aimeriez pas comme je voudrais être aimée. – Comment ! – Sans but de passion vulgaire, purement. J'abhorre les hommes encore plus peut-être que je ne hais les femmes. J'ai besoin de me réfugier dans l'amitié. Le monde est désert pour moi. Je suis une créature maudite, condamnée à comprendre le bonheur, à le sentir, à le désirer, et, comme tant d'autres, forcée à le voir me fuir à toute heure. Souvenez-vous, seigneur, que je ne vous aurai pas trompé. Je vous défends de m'aimer. Je puis être un ami dévoué pour vous, car j'admire votre force et votre caractère. J'ai besoin d'un frère, d'un protecteur. Soyez tout cela pour moi, mais rien de plus. – Ne pas vous aimer ! s'écria Sarrasine ; mais, chère ange, tu es ma vie, mon bonheur ! – Si je disais un mot vous me repousseriez avec horreur. – Coquette ! rien ne peut m'effrayer. Dis-moi que tu me coûteras l'avenir, que dans deux mois je mourrai, que je serai damné pour t'avoir seulement embrassée." Il l'embrassa malgré les efforts que fit la Zambinella pour se soustraire à ce baiser passionné. "Dis-moi que tu es un démon, qu'il te faut ma fortune, mon nom, toute ma célébrité ! Veux-tu que je ne sois pas sculpteur ? Parle. – Si je n'étais pas une femme ? demanda timidement la Zambinella d'une voix argentine et douce. – La bonne plaisanterie ! s'écria Sarrasine. Crois-tu pouvoir tromper l'œil d'un artiste ? N'ai-je pas, depuis dix jours, dévoré, scruté, admiré tes perfections ? Une femme seule peut avoir ce bras rond et moelleux, ces contours élégants. Ah ! tu veux des compliments !" Elle sourit tristement, et dit en murmurant : "Fatale beauté !" Elle leva les yeux au ciel. En ce moment son regard eut je ne sais quelle expression d'horreur si puissante, si vive, que Sarrasine en tressaillit. "Seigneur Français, reprit-elle, oubliez à jamais un instant de votre folie. Je vous estime ; mais, quant à de l'amour, ne m'en demandez pas ;

ce sentiment est étouffé dans mon cœur. Je n'ai pas de cœur ! s'écria-t-elle en pleurant. Le théâtre sur lequel vous m'avez vue, ces applaudissements, cette musique, cette gloire, à laquelle on
1035 m'a condamnée, voilà ma vie, je n'en ai pas d'autre. Dans quelques heures vous ne me verrez plus des mêmes yeux, la femme que vous aimez sera morte." Le sculpteur ne répondit pas. Il était la proie d'une sourde rage qui lui pressait le cœur. Il ne pouvait que regarder cette femme extraordinaire avec des
1040 yeux enflammés qui brûlaient. Cette voix empreinte de faiblesse, l'attitude, les manières et les gestes de Zambinella, marqués de tristesse, de mélancolie et de découragement, réveillaient dans son âme toutes les richesses de la passion. Chaque parole était un aiguillon. En ce moment, ils étaient
1045 arrivés à Frascati. Quand l'artiste tendit les bras à sa maîtresse pour l'aider à descendre, il la sentit toute frissonnante. "Qu'avez-vous ? Vous me feriez mourir, s'écria-t-il en la voyant pâlir, si vous aviez la moindre douleur dont je fusse la cause même innocente. – Un serpent ! dit-elle en montrant une
1050 couleuvre qui se glissait le long d'un fossé. J'ai peur de ces odieuses bêtes." Sarrasine écrasa la tête de la couleuvre d'un coup de pied. "Comment avez-vous assez de courage ! reprit la Zambinella en contemplant avec un effroi visible le reptile mort. – Eh bien, dit l'artiste en souriant, oserez-vous bien
1055 prétendre que vous n'êtes pas femme ?" Ils rejoignirent leurs compagnons et se promenèrent dans les bois de la villa Ludovisi, qui appartenait alors au cardinal Cicognara. Cette matinée s'écoula trop vite pour l'amoureux sculpteur, mais elle fut remplie par une foule d'incidents qui lui dévoilèrent la coquet-
1060 terie, la faiblesse, la mignardise[1] de cette âme molle et sans énergie. C'était la femme avec ses peurs soudaines, ses caprices sans raison, ses troubles instinctifs, ses audaces sans cause, ses

1. *Mignardise* : grâce peu naturelle, maniérée.

bravades et sa délicieuse finesse de sentiment. Il y eut un moment où s'aventurant dans la campagne, la petite troupe des
1065 joyeux chanteurs vit de loin quelques hommes armés jusqu'aux dents, et dont le costume n'avait rien de rassurant. À ce mot : "Voici des brigands", chacun doubla le pas pour se mettre à l'abri dans l'enceinte de la villa du cardinal. En cet instant critique, Sarrasine s'aperçut à la pâleur de la Zambinella qu'elle
1070 n'avait plus assez de force pour marcher ; il la prit dans ses bras et la porta, pendant quelque temps, en courant. Quand il se fut rapproché d'une vigne voisine, il mit sa maîtresse à terre. "Expliquez-moi, lui dit-il, comment cette extrême faiblesse qui, chez toute autre femme, serait hideuse, me déplairait, et
1075 dont la moindre preuve suffirait presque pour éteindre mon amour, en vous me plaît, me charme ? – Oh ! combien je vous aime ! reprit-il. Tous vos défauts, vos terreurs, vos petitesses ajoutent je ne sais quelle grâce à votre âme. Je sens que je détesterais une femme forte, une Sapho[1], courageuse, pleine
1080 d'énergie, de passion. Ô frêle et douce créature ! comment peux-tu être autrement ? Cette voix d'ange, cette voix délicate, eût été un contresens si elle fût sortie d'un corps autre que le tien. – Je ne puis, dit-elle, vous donner aucun espoir. Cessez de me parler ainsi, car l'on se moquerait de vous. Il m'est impos-
1085 sible de vous interdire l'entrée du théâtre ; mais si vous m'aimez ou si vous êtes sage, vous n'y viendrez plus. Écoutez, monsieur, dit-elle d'une voix grave. – Oh ! tais-toi, dit l'artiste enivré. Les obstacles attisent l'amour dans mon cœur." La Zambinella resta dans une attitude gracieuse et modeste ; mais
1090 elle se tut, comme si une pensée terrible lui eût révélé quelque malheur. Quand il fallut revenir à Rome, elle monta dans une berline à quatre places, en ordonnant au sculpteur, d'un air

---

1. *Sapho :* poétesse grecque de l'île de Lesbos, réputée pour son courage et son autorité. Son attirance pour les femmes a donné un nom à l'homosexualité féminine (le saphisme).

impérieusement cruel, d'y retourner seul avec le phaéton. Pendant le chemin, Sarrasine résolut d'enlever le Zambinella. Il passa toute la journée occupé à former des plans plus extravagants les uns que les autres. À la nuit tombante, au moment où il sortit pour aller demander à quelques personnes où était situé le palais habité par sa maîtresse, il rencontra l'un de ses camarades sur le seuil de la porte. “Mon cher, lui dit ce dernier, je suis chargé par notre ambassadeur de t'inviter à venir ce soir chez lui. Il donne un concert magnifique, et quand tu sauras que Zambinella y sera... – Zambinella ! s'écria Sarrasine en délire à ce nom, j'en suis fou.

– Tu es comme tout le monde, lui répondit son camarade. – Mais si vous êtes mes amis, toi, Vien, Lautherbourg et Allegrain[1], vous me prêterez votre assistance pour un coup de main après la fête, demanda Sarrasine. – Il n'y a pas de cardinal à tuer, pas de... – Non, non, dit Sarrasine, je ne vous demande rien que d'honnêtes gens ne puissent faire.” En peu de temps le sculpteur disposa tout pour le succès de son entreprise. Il arriva l'un des derniers chez l'ambassadeur, mais il y vint dans une voiture de voyage attelée de chevaux vigoureux menés par l'un des plus entreprenants *vetturini*[2] de Rome. Le palais de l'ambassadeur étant plein de monde, ce ne fut pas sans peine que le sculpteur, inconnu à tous les assistants, parvint au salon où dans ce moment Zambinella chantait. “C'est sans doute par égard pour les cardinaux, les évêques et les abbés qui sont ici, demanda Sarrasine, qu'*elle* est habillée en homme, qu'elle a une bourse derrière la tête, les cheveux crêpés et une épée de côté ? – Elle ! Qui elle ? répondit le vieux seigneur auquel s'adressa Sarrasine. – La Zambinella. – La Zambinella ? reprit le prince romain. Vous moquez-vous ? D'où venez-vous ? Est-il jamais monté de femme sur les théâtres de Rome ? Et ne savez-vous

1. *Lautherbourg et Allegrain :* le peintre Lautherbourg (1742-1812) et le sculpteur Allegrain (1710-1795) sont cités dans les *Salons* de Diderot. \ **2.** *Vetturini :* cochers.

pas par quelles créatures les rôles de femme sont remplis
1125 dans les États du pape[1] ? C'est moi, monsieur, qui ai doté Zambinella de sa voix. J'ai tout payé à ce drôle-là, même son maître à chanter. Eh bien, il a si peu de reconnaissance du service que je lui ai rendu, qu'il n'a jamais voulu remettre les pieds chez moi. Et cependant, s'il fait fortune, il me la devra
1130 tout entière." Le prince Chigi aurait pu parler, certes, longtemps, Sarrasine ne l'écoutait pas. Une affreuse vérité avait pénétré dans son âme. Il était frappé comme d'un coup de foudre. Il resta immobile, les yeux attachés sur le prétendu chanteur. Son regard flamboyant eut une sorte d'influence
1135 magnétique sur Zambinella, car le *musico* finit par détourner subitement la vue vers Sarrasine, et alors sa voix céleste s'altéra. Il trembla ! Un murmure involontaire échappé à l'assemblée, qu'il tenait comme attachée à ses lèvres, acheva de le troubler ; il s'assit, et discontinua[2] son air. Le cardinal Cicognara, qui
1140 avait épié du coin de l'œil la direction que prit le regard de son protégé, aperçut alors le Français ; il se pencha vers un de ses aides de camp ecclésiastiques, et parut demander le nom du sculpteur. Quand il eut obtenu la réponse qu'il désirait, il contempla fort attentivement l'artiste, et donna des ordres à un
1145 abbé, qui disparut avec prestesse. Cependant Zambinella, s'étant remis, recommença le morceau qu'il avait interrompu si capricieusement ; mais il l'exécuta mal, et refusa, malgré toutes les instances qui lui furent faites, de chanter autre chose. Ce fut la première fois qu'il exerça cette tyrannie capricieuse
1150 qui, plus tard, ne le rendit pas moins célèbre que son talent et son immense fortune, due, dit-on, non moins à sa voix qu'à sa beauté. "C'est une femme, dit Sarrasine en se croyant seul. Il y a là-dessous quelque intrigue secrète. Le cardinal Cicognara trompe le pape et toute la ville de Rome !" Aussitôt

1. *Et ne savez-vous pas* [...] *États du pape :* ces rôles étaient tenus par des castrats (voir « L'œuvre dans l'histoire », p. 107). \ **2.** *Discontinua :* interrompit.

1155 le sculpteur sortit du salon, rassembla ses amis, et les embusqua dans la cour du palais. Quand Zambinella se fut assurée du départ de Sarrasine, il parut recouvrer quelque tranquillité. Vers minuit, après avoir erré dans les salons, en homme qui cherche un ennemi, le *musico* quitta l'assemblée. Au moment
1160 où il franchissait la porte du palais, il fut adroitement saisi par des hommes qui le bâillonnèrent avec un mouchoir et le mirent dans la voiture louée par Sarrasine. Glacé d'horreur, Zambinella resta dans un coin sans oser faire un mouvement. Il voyait devant lui la figure terrible de l'artiste qui gardait un silence
1165 de mort. Le trajet fut court. Zambinella, enlevé par Sarrasine, se trouva bientôt dans un atelier sombre et nu. Le chanteur, à moitié mort, demeura sur une chaise, sans oser regarder une statue de femme, dans laquelle il reconnut ses traits. Il ne proféra pas une parole, mais ses dents claquaient. Il était transi
1170 de peur. Sarrasine se promenait à grands pas. Tout à coup il s'arrêta devant Zambinella. "Dis-moi la vérité, demanda-t-il d'une voix sourde et altérée. Tu es une femme ? Le cardinal Cicognara..." Zambinella tomba sur ses genoux, et ne répondit qu'en baissant la tête. "Ah ! tu es une femme, s'écria l'artiste
1175 en délire ; car même un..." Il n'acheva pas. "Non, reprit-il, *il* n'aurait pas tant de bassesse. – Ah ! ne me tuez pas, s'écria Zambinella fondant en larmes. Je n'ai consenti à vous tromper que pour plaire à mes camarades, qui voulaient rire. – Rire ! répondit le sculpteur d'une voix qui eut un éclat infernal. Rire,
1180 rire ! Tu as osé te jouer d'une passion d'homme, toi ? – Oh ! grâce ! répliqua Zambinella. – Je devrais te faire mourir ! cria Sarrasine en tirant son épée par un mouvement de violence. Mais, reprit-il avec un dédain froid, en fouillant ton être avec un poignard, y trouverais-je un sentiment à éteindre, une
1185 vengeance à satisfaire ? Tu n'es rien. Homme ou femme, je te tuerais ! mais..." Sarrasine fit un geste de dégoût, qui l'obligea de détourner sa tête, et alors il regarda la statue. "Et c'est une

illusion!" s'écria-t-il. Puis se tournant vers Zambinella : "Un cœur de femme était pour moi un asile, une patrie. As-tu des
1190 sœurs qui te ressemblent ? Non. Eh bien, meurs ! Mais non, tu vivras. Te laisser la vie, n'est-ce pas te vouer à quelque chose de pire que la mort ? Ce n'est ni mon sang ni mon existence que je regrette, mais l'avenir et ma fortune de cœur. Ta main débile a renversé mon bonheur. Quelle espérance puis-je te ravir pour
1195 toutes celles que tu as flétries ? Tu m'as ravalé jusqu'à toi. *Aimer, être aimé !* sont désormais des mots vides de sens pour moi, comme pour toi. Sans cesse je penserai à cette femme imaginaire en voyant une femme réelle." Il montra la statue par un geste de désespoir. "J'aurai toujours dans le souvenir une
1200 harpie [1] céleste qui viendra enfoncer ses griffes dans tous mes sentiments d'homme, et qui signera toutes les autres femmes d'un cachet d'imperfection ! Monstre ! Toi qui ne peux donner la vie à rien, tu m'as dépeuplé la terre de toutes ses femmes." Sarrasine s'assit en face du chanteur épouvanté. Deux grosses
1205 larmes sortirent de ses yeux secs, roulèrent le long de ses joues mâles et tombèrent à terre : deux larmes de rage, deux larmes âcres et brûlantes. "Plus d'amour ! je suis mort à tout plaisir, à toutes les émotions humaines." À ces mots, il saisit un marteau et le lança sur la statue avec une force si extravagante
1210 qu'il la manqua. Il crut avoir détruit ce monument de sa folie, et alors il reprit son épée et la brandit pour tuer le chanteur. Zambinella jeta des cris perçants. En ce moment trois hommes entrèrent, et soudain le sculpteur tomba percé de trois coups de stylet. "De la part du cardinal Cicognara, dit l'un d'eux. – C'est
1215 un bienfait digne d'un chrétien", répondit le Français en expirant. Ces sombres émissaires apprirent à Zambinella l'inquiétude de son protecteur qui attendait à la porte dans une voiture fermée, afin de pouvoir l'emmener aussitôt qu'il serait délivré.

1. *Harpie :* dans la mythologie grecque, monstre à tête de femme et corps d'oiseau.

– Mais, me dit Mme de Rochefide, quel rapport existe-t-il
1220 entre cette histoire et le petit vieillard que nous avons vu chez les Lanty ?

– Madame, le cardinal Cicognara se rendit maître de la statue de Zambinella et la fit exécuter en marbre, elle est aujourd'hui dans le musée Albani[1]. C'est là qu'en 1791 la
1225 famille Lanty la retrouva, et pria Vien de la copier. Le portrait qui vous a montré Zambinella à vingt ans, un instant après l'avoir vu centenaire, a servi plus tard pour l'*Endymion* de Girodet[2], vous avez pu en reconnaître le type dans l'Adonis.

– Mais ce ou cette Zambinella ?

1230 – Ne saurait être, madame, que le grand oncle de Marianina. Vous devez concevoir maintenant l'intérêt que Mme de Lanty peut avoir à cacher la source d'une fortune qui provient...

– Assez » dit-elle en me faisant un geste impérieux.

Nous restâmes pendant un moment plongés dans le plus
1235 profond silence.

« Hé bien ? lui dis-je.

– Ah ! » s'écria-t-elle en se levant et se promenant à grands pas dans la chambre. Elle vint me regarder, et me dit d'une voix altérée : « Vous m'avez dégoûtée de la vie et des passions pour
1240 longtemps. Au monstre près, tous les sentiments humains ne se dénouent-ils pas ainsi, par d'atroces déceptions ? Mères, des enfants nous assassinent ou par leur mauvaise conduite ou par leur froideur. Épouses, nous sommes trahies. Amantes, nous sommes délaissées, abandonnées. L'amitié ! existe-t-elle ?
1245 Demain je me ferais dévote si je ne savais pouvoir rester comme un roc inaccessible au milieu des orages de la vie. Si l'avenir du

1. *Le musée Albani :* installé dans la villa du cardinal Albani, collectionneur de la fin du XVIIIe siècle, il rassemblait de nombreuses statues antiques. \ 2. *Girodet :* Anne Louis Girodet (1767-1824), élève de David, prix de Rome en 1789, peint *Le Sommeil d'Endymion* en 1791 en s'inspirant d'un sarcophage de la collection Barberini : c'est son premier succès. Balzac admirait ce tableau, à la frontière du néoclassicisme et du romantisme. Girodet apparaît quinze fois dans *La Comédie humaine*.

chrétien est encore une illusion, au moins elle ne se détruit qu'après la mort. Laissez-moi seule.

– Ah ! lui dis-je, vous savez punir.

1250 – Aurais-je tort ?

– Oui, répondis-je avec une sorte de courage. En achevant cette histoire, assez connue en Italie, je puis vous donner une haute idée des progrès faits par la civilisation actuelle. On n'y fait plus de ces malheureuses créatures [1].

1255 – Paris, dit-elle, est une terre bien hospitalière ; il accueille tout, et les fortunes honteuses, et les fortunes ensanglantées. Le crime et l'infamie y ont droit d'asile, rencontrent des sympathies ; la vertu seule y est sans autels. Oui, les âmes pures ont une patrie dans le ciel ! Personne ne m'aura connue ! J'en suis 1260 fière. »

Et la marquise resta pensive.

Paris, novembre 1830.

1. *Malheureuses créatures :* allusion aux castrats.

DOSSIER

LIRE L'ŒUVRE

L'ŒUVRE DANS L'HISTOIRE

L'ŒUVRE DANS UN GENRE

VERS L'ÉPREUVE

LIRE L'ŒUVRE

QUESTIONNAIRE DE LECTURE

TITRES ET DÉDICACES

1. Comment un chef-d'œuvre peut-il rester inconnu ? Proposez plusieurs interprétations de ce titre.

2. En quoi le titre *Sarrasine* oriente-t-il la lecture ? Quelles attentes suscite-t-il dans l'esprit du lecteur ?

3. Balzac divise *Le Chef-d'œuvre inconnu* en deux chapitres, qui portent chacun un titre. Quelle symétrie recherche-t-il ?

4. Quels sens pouvez-vous donner aux cinq lignes de points ajoutées par Balzac en 1846 sous la dédicace du *Chef-d'œuvre inconnu* ?

STATUT DU NARRATEUR ET CHOIX DES POINTS DE VUE

5. Dans *Sarrasine*, qui raconte ? À qui ? Pourquoi ? À partir de vos réponses, délimitez précisément les deux niveaux narratifs et les deux parties du récit.

6. Dans *Le Chef-d'œuvre inconnu*, quel personnage sert de relais à l'observateur anonyme du début ? Pourquoi est-il intéressant ici de privilégier ce regard ?

L'ESPACE ET LE TEMPS

7. Considérez les différents lieux où se déroule l'action du *Chef-d'œuvre inconnu*. En quoi pouvez-vous dire que le chapitre I propose symboliquement un parcours initiatique ? Pourquoi l'action est-elle resserrée en un seul lieu dans le chapitre II ?

8. Quelles sont les époques représentées dans chacun des deux récits ? Quel sens donnez-vous au choix de ces époques par un écrivain de 1830 ?

■ Pour répondre, relevez les dates et les allusions à des personnages, œuvres et événements qui assurent l'ancrage des intrigues dans des époques précises.

LES PERSONNAGES

9. En considérant leur âge, leur statut social et leur notoriété, dites ce que représentent, symboliquement, les trois peintres du *Chef-d'œuvre inconnu*.

10. Dans quelles circonstances le nom de Nicolas Poussin est-il mentionné pour la première fois dans *Le Chef-d'œuvre inconnu* ? Quel est l'effet recherché ?

11. Dans *Sarrasine*, relisez les portraits de Marianina et de Filippo, ainsi que ceux du vieillard (première partie du récit) et de Zambinella (seconde partie), et rapprochez-les de la description commentée du tableau de Vien. Pourquoi peut-on dire, à partir de ces portraits, que les personnages de *Sarrasine* sont fondamentalement ambigus ?

12. Quelles significations donnez-vous à la mort de l'artiste dans les deux récits ?

13. Quel rapport peut-on établir entre l'histoire de l'œuvre (la statue sculptée par Sarrasine) et celle du modèle (Zambinella) ? Quel est l'effet recherché ?

14. Quels rôles joue dans *Le Chef-d'œuvre inconnu* le tableau *Marie égyptienne* attribué à Porbus ?

LE GENRE

15. « Conte fantastique » : c'est avec ce sous-titre que paraît pour la première fois *Le Chef-d'œuvre inconnu*, en 1831, dans la revue *L'Artiste*. Quels éléments de sa version définitive vous semblent encore justifier cette appellation ?

16. *Sarrasine*, d'abord rangé parmi les *Romans et contes philosophiques*, prend place en 1835 dans les « Scènes de la vie parisienne » des *Études de mœurs*. Cette classification vous paraît-elle plus appropriée ? Quelle vision le texte propose-t-il d'un salon parisien en 1830 ?

L'ŒUVRE DANS L'HISTOIRE

Qu'est-ce qu'un artiste ? Que peut montrer – ou cacher – un tableau ? Comment en faire un récit ? Voilà des questions que posent, à leur manière, *Sarrasine* et *Le Chef-d'œuvre inconnu*, dès 1831, avant même que Balzac ait conçu le projet d'ensemble de *La Comédie humaine*.

Ces deux contes, apparemment éloignés de l'actualité, présentent bien des analogies : ils donnent lieu à des publications fragmentées, dans la presse, pour des revues « friandes » de fantastique et d'esthétique. Sur le plan littéraire, ils constituent donc une étape importante dans la formation de Balzac, « écrivain-journaliste », dont l'écriture est façonnée par les contraintes de publication et les attentes du public.

Ces œuvres s'articulent surtout autour d'un même thème, l'art, sous différentes formes : peinture, sculpture et opéra. Au centre des deux histoires, source du récit, figure un tableau : l'un est dissimulé, *Catherine Lescault*, l'autre est exhibé, l'*Adonis*, mais tous deux sont à déchiffrer, voire indéchiffrables. Tous deux interrogent la figure de l'artiste et représentent le drame de la création. Ce thème engage ainsi une triple perspective :
– *socio-historique* tout d'abord : son sujet artistique confère à l'œuvre la valeur d'un document sur les conditions de l'art et les goûts esthétiques en 1830, même si les intrigues nous renvoient à une époque antérieure ;
– *philosophique* ensuite : la question de la création, pour le peintre ou le sculpteur, permet à Balzac d'exposer une réflexion sur la nature et le destin du talent artistique ;
– *autobiographique* enfin, puisqu'il amène le récit à se constituer comme un autoportrait déguisé : à travers les artistes de la fiction, Balzac romancier se regarde créer.

LE CONTEXTE HISTORIQUE : « L'INTERPOLATION DES TEMPS »

« Paris, novembre 1830 », « Paris, février 1832 » : par ces datations précises, qui concluent les deux récits, les œuvres semblent s'inscrire dans l'histoire immédiate. Pourtant, si *Sarrasine* est publié pour la première fois en revue à la fin de 1830, quelques mois seulement après la révolution de Juillet, la nouvelle ne contient aucune allusion directe à l'actualité. *Le Chef-d'œuvre inconnu* paraît le 31 juillet 1831, un an exactement après l'insurrection. Mais lui non plus n'en fait aucune mention et semble même vouloir s'en éloigner, puisque l'intrigue ramène le lecteur au XVIIe siècle.

Dès lors, la question se pose : l'Histoire est-elle absente de ces deux nouvelles, ou peut-elle s'y lire en filigrane ? Et dans ce cas, quels sens faut-il donner alors à la représentation sous-jacente d'une époque, celle de 1830, sous la peinture d'autres époques, celles de 1612 et de 1758, à cette « interpolation des temps » que Proust admire chez Balzac ?

1830 : « L'ÉCOLE DU DÉSENCHANTEMENT »

Une société sans idéal

L'épopée napoléonienne s'achève avec la défaite de Waterloo et la chute de l'Empire. Après 1815, l'époque n'est plus à l'éclat héroïque mais à la réussite économique et à l'enrichissement individuel. La restauration de la monarchie, avec les Bourbons, Louis XVIII puis, à partir de 1824, Charles X, apparaît comme une tentative de retour vers un régime absolutiste – illusoire. À la crise économique et au mécontentement politique de la bourgeoisie, qui se sent écartée du pouvoir, Charles X répond par un durcissement du régime, notamment sous le ministère Polignac ; ainsi quatre ordonnances promulguées en 1830 tentent de suspendre le régime constitutionnel et de supprimer la liberté de presse. Paris se soulève. Les « Trois Glorieuses », les trois journées révolutionnaires des 27, 28 et 29 juillet 1830, mettent fin à la Restauration. Mais les républicains sont évincés au profit de Louis-Philippe, « Roi des Français », qui instaure une monarchie bourgeoise, la « monarchie de Juillet » (1830-1848). Ce régime parlementaire se montre plus libéral, mais est vite marqué par l'immobilisme.

Balzac forge en janvier 1831 l'expression d'« école du désenchantement » pour désigner quatre œuvres littéraires parues dans cette période tourmentée. Elle rend bien compte du sentiment de désillusion qu'il éprouve devant une société sans idéal issue d'une révolution manquée. Même s'il n'est pas séduit par l'espoir démocratique qui s'est manifesté en juillet 1830, puisqu'il garde la nostalgie des anciennes hiérarchies sociales, Balzac condamne la nouvelle société, soumise à la tyrannie de l'argent et de l'opinion.

La condamnation d'un monde perverti

On peut lire l'expression de cette condamnation dans l'évocation du bal chez les Lanty qui ouvre *Sarrasine*. Aucune date n'apparaît, mais trois éléments doivent être interprétés. Tout d'abord, la localisation de l'hôtel particulier, situé près de l'Élysée-Bourbon, renvoie au quartier des nouveaux riches, des fortunes rapides et douteuses, où « l'argent n'a pas d'odeur ». Et l'on apprendra que c'est grâce à la prostitution que la famille Lanty s'est enrichie. Ensuite le narrateur, caché dans l'embrasure d'une fenêtre, contemple deux tableaux opposés : d'un côté « le luxe insolent » du salon ; de l'autre le sombre dénuement du jardin. Comme celle de 1830, où le conservatisme se cache derrière une pseudo-révolution, cette société a son envers, et la confrontation de ces deux scènes forme un diptyque : c'est la mort qui mène finalement cette « danse des vivants ». Le narrateur n'est pas dupe de la comédie que se joue une « société sans croyances ». Enfin, on peut voir dans le personnage du mystérieux vieillard, qui se révélera être le castrat Zambinella, un symbole du régime issu des événements de 1830 : vêtu « à l'ancienne mode », cet « être sans vie, sans action » est, comme la monarchie de Juillet, voué à l'immobilisme et à la stérilité.

La condamnation des perversions du monde de 1830 est donc tout à la fois d'ordre social, moral, politique et artistique. Dans ce salon parisien, l'œuvre d'art n'est plus qu'un signe social, elle montre la richesse de la famille et désigne l'origine même de sa fortune (puisque l'*Adonis* a été peint d'après la statue de Zambinella). Comme si, après 1830, la création n'était plus possible et que l'œuvre, devenue marchandise et objet de collection, pouvait seulement être copiée, achetée, exhibée. Balzac fait donc évoluer ses personnages de créateurs dans un autre temps, aux XVIIe et XVIIIe siècles, loin de ce XIXe siècle où ils n'ont plus leur place.

1830 / 1612 ET 1758 : DÉPLACEMENTS ET JEUX DE MIROIR

Époques et lieux du passé

Le Chef-d'œuvre inconnu se situe entièrement dans un passé précisément daté. Il s'ouvre sur l'arrivée de Nicolas Poussin à Paris « vers la fin de 1612 », sous la régence de Marie de Médicis. *Sarrasine* conjugue deux temps et deux espaces. Dans la première partie du récit, la fiction ne comporte aucun ancrage historique précis mais, on l'a vu, elle semble contemporaine de la rédaction ; la seconde partie, qui relate une histoire vieille d'un demi-siècle, s'inscrit, elle, entre deux dates : 1758, l'année du départ de Sarrasine pour l'Italie, de sa brève et tragique aventure romaine ; 1791, celle, rapidement mentionnée dans le dénouement, trente-trois ans après l'assassinat du sculpteur, de l'achat par la famille Lanty de la statue de Zambinella, qui ouvre la série des duplications de l'œuvre.

Sarrasine associe deux époques, mais aussi, symboliquement, deux lieux : Paris et Rome. Rome représente la ville du passé et de la permanence, des modèles antiques, qu'admire et étudie Sarrasine, « la patrie des Arts, la reine des ruines ». C'est la ville de l'origine. Paris, en revanche, semble une ville sans passé, où tout change, ce qui explique ce besoin de se saisir avidement du présent, dans la frénésie des bals et des jeux d'argent évoqués au début du récit. C'est aussi une ville qui cherche à effacer la mémoire des troubles révolutionnaires sous un « replâtrage social », qui masque ses origines : le mystère autour de l'existence passée de la famille Lanty et de la provenance de sa fortune, « estimée à plusieurs millions », est ainsi vite oublié par « la gent curieuse » des Parisiens.

De façon significative, Paris n'est d'ailleurs jamais un lieu d'origine dans les deux nouvelles, ni pour les artistes réels puisque Poussin est né en Normandie et que Porbus est originaire d'Anvers, ni pour les artistes fictifs : Sarrasine vient de Franche-Comté.

La mise à distance du présent

Pourquoi se référer ainsi à des époques passées ? Trois intentions semblent motiver ces déplacements dans le temps.

Une volonté de dépaysement tout d'abord. On comprend l'attrait pittoresque qu'offre pour un romancier des toiles de fond historiques telles que Paris sous Marie de Médicis ou sous Louis XV ; ainsi que l'atmosphère romancée d'une Italie de cardinaux, de princes et de castrats, d'amours interdites et de puissances occultes. En 1830, la mode est en effet au roman historique, tel que Balzac l'admire chez Walter Scott, un romancier écossais du début du XIXe siècle : le passé y est reconstruit à partir du présent, dans la mesure où les écrivains proposent au public une reconstitution conforme à ses goûts.

Un souci d'observer les convenances ensuite. Balzac éprouve peut-être la nécessité d'éloigner dans le temps, en les situant dans un passé révolu, des épisodes scabreux : ainsi, dans *Le Chef-d'œuvre inconnu*, Poussin échange sa maîtresse Gillette contre la promesse de voir la femme peinte par Frenhofer ; dans *Sarrasine*, un sculpteur épris d'un castrat, qu'il prend pour une femme, est assassiné sur l'ordre d'un ecclésiastique amoureux du jeune chanteur. Balzac nous livre ainsi deux histoires de prostitution.

Enfin, on peut y lire la nostalgie d'une époque plus heureuse, où l'artiste était reconnu et protégé par les grands, celle du mécénat royal. Porbus est désigné comme « le peintre de Henri IV » ; Sarrasine, adopté par Bouchardon, « le sculpteur du Roi », gagne le prix fondé par le frère de Mme de Pompadour « qui fit tant pour les Arts ».

Ces nouvelles peuvent sans doute se lire ainsi comme des fables politiques ou sociales, dans la mesure où elles instaurent un va-et-vient, un jeu de miroir entre le présent, l'époque de la représentation et le passé, l'époque représentée.

LE CONTEXTE ARTISTIQUE ET CULTUREL

La représentation de l'art et de l'artiste que proposent *Sarrasine* et *Le Chef-d'œuvre inconnu* intéresse d'abord la sociologie et la mythologie, puisqu'elle renvoie à une situation et un imaginaire social de l'artiste en 1830. Elle intéresse aussi l'histoire de l'art : mêlant des artistes réels aux personnages de la fiction, Balzac témoigne du regard que porte le XIXe siècle sur les maîtres d'autrefois.

LE MYTHE DE L'ARTISTE À L'ÉPOQUE ROMANTIQUE

Vers une nouvelle définition : l'artiste et l'artisan

Balzac compose la première version de ses deux récits en pleine période romantique : 1830 est l'année de la fameuse bataille d'*Hernani*. Dans la préface de ce drame, Victor Hugo tente de formuler cette sensibilité nouvelle : « Le Romantisme n'est, à tout prendre, que le libéralisme en art. » Ce mouvement, que Baudelaire propose de définir non par ses thèmes mais par « la manière de sentir », prône en effet une expression singulière et un refus des règles. C'est un appel à se dégager des contraintes esthétiques, économiques et sociales.

Or, la figure de l'artiste va cristalliser ces aspirations. Puisque l'héroïsme militaire est désormais révolu, puisque la société, soumise à la toute-puissance de l'argent, n'offre plus d'idéal exaltant, l'art devient une nouvelle forme d'aventure esthétique, psychologique et spirituelle, tandis que l'artiste devient un personnage majeur pour un univers bourgeois en mal de héros. En une vingtaine d'années, le mot même s'enrichit de sens nouveaux et de diverses connotations.

Si la définition de la notion d'artiste est longtemps restée proche de celle de l'artisan, à la fin du XVIIIe siècle elle commence à s'en distinguer nettement, et prend son acception moderne en se spécialisant dans un sens esthétique. L'artiste est défini en 1762 par le dictionnaire de l'Académie comme « celui qui travaille dans un art où le génie et la main doivent concourir ». Si la main renvoie encore à la réalisation concrète, à un travail technique (jusqu'alors le chimiste, l'horloger sont ainsi des artistes), le mot « génie » met l'accent sur l'originalité de l'invention. L'artiste devient un créateur esthétique autonome, qui invente une forme singulière. Le terme se spécifie et en même temps s'élargit : le peintre, le sculpteur, le musicien, l'écrivain appartiennent désormais à cette catégorie prestigieuse.

Vers un nouveau statut : l'artiste, le marchand et le bourgeois

Cette évolution sémantique s'accompagne d'un changement de statut. L'artiste revendique une liberté, une indépendance et une autonomie nouvelles, qui posent le problème de sa rétribution et de sa subsistance. De nouveaux circuits commerciaux se mettent en place : au prince, au mécène, succèdent les marchands et les collectionneurs, même si, sous la monarchie de Juillet, le ministère du Commerce et le roi Louis-Philippe lui-même, qui pratique un mécénat assez généreux, contribuent encore au financement des arts. C'est ainsi que l'État achète en 1831 le tableau de Delacroix : *La Liberté guidant le peuple.*

Le romantisme développe alors l'image de l'artiste solitaire et incompris, broyé par une société pressée de s'enrichir. Il devient un personnage mythique : une figure tragique, sorte de martyr ou de nouveau Christ, dont l'exclusion et la misère sont aussi les signes de son élection.

Si Frenhofer est « né riche », Poussin apparaît en effet « accablé de misère » à son arrivée à Paris. N'ayant pas les moyens de s'offrir des toiles et de la couleur (la production industrielle des couleurs n'existait pas encore au XVIIe siècle, les peintres devaient se procurer de façon onéreuse des pigments parfois importés de pays lointains, comme le bleu de lapis-lazuli), il travaille sur de simples papiers, au crayon. Sarrasine, quant à lui, est obligé, après ses cours de sculpture chez Bouchardon, d'aller « mendier sa subsistance ».

Le terme d'artiste devient un des mots de ralliement de la seconde génération romantique. « Être artiste ! » est d'ailleurs le mot d'ordre lancé en 1831 par le premier numéro de la revue *L'Artiste*, où paraîtra *Le Chef-d'œuvre inconnu.* Il ne s'agit plus seulement de « faire », mais « d'être ». La notion désigne une façon de penser, de sentir, de vivre, qui s'oppose à celle du bourgeois. Ces connotations valorisantes tentent en effet de combattre le préjugé tenace de l'artiste improductif, que Flaubert résumera ainsi ironiquement dans son *Dictionnaire des idées reçues* : « Artistes. Tous farceurs [...] ce qu'ils font ne peut s'appeler travailler. »

ENTRE NÉOCLASSICISME ET ROMANTISME : UN CATÉCHISME ESTHÉTIQUE ?

La culture artistique de Balzac, éclectique, trouve une triple source :
– dans sa fréquentation des salons d'abord : les expositions d'œuvres contemporaines qui se tenaient au Louvre deviennent annuelles à partir de 1833. Il s'agit d'une institution très populaire, même si Balzac déplore qu'elle soit devenue « un tumultueux bazar » en l'absence de sélection sévère depuis 1830. C'est là qu'il découvre le tableau de Girodet,

Le Sommeil d'Endymion, qui lui inspire *Sarrasine* et, la même année, une autre nouvelle, *La Vendetta* ;
– dans sa rencontre et ses échanges avec des peintres (comme Delacroix, qu'il admire, et à qui il dédiera *La Fille aux yeux d'or*) et des sculpteurs (il posera pour David d'Angers) ;
– enfin dans ses lectures, notamment les critiques d'art de Diderot et Théophile Gautier.

Frenhofer, un peintre romantique ?

Même si Frenhofer est un peintre fictif du XVIIe siècle, les idées qu'il professe rejoignent certaines théories et certaines pratiques des peintres romantiques : ainsi l'affirmation du primat de la couleur sur le dessin, l'idée d'un inachèvement de l'œuvre ou encore l'importance donnée à un art d'expression plus que de représentation. La formule de Frenhofer, « la mission de l'art n'est pas de copier la nature, mais de l'exprimer » (l. 178), pourrait par exemple faire écho à une page du *Journal* de Delacroix de 1824 : « La nouveauté est dans l'esprit qui crée, et non dans la nature qui est peinte. » C'est par des empâtements de couleur, des touches épaisses de peinture, que Frenhofer cherche à rendre l'impression de relief et de mouvement sur ses toiles : le texte parle « de *rehauts* fortement empâtés » (l. 906), une technique qui rappelle également celle de Delacroix. Ce genre de tableau ne peut alors s'apprécier qu'à distance. Frenhofer, dans le texte, invite ses amis à s'éloigner du tableau *Marie égyptienne* : « De près, ce travail semble cotonneux [...] mais à deux pas, tout se raffermit, s'arrête et se détache » (l. 440-442). Si l'on s'en approche, on ne voit en effet que des « couleurs confusément amassées » (l. 876), on ne distingue plus « rien » du motif, comme le constate Poussin devant *La Belle Noiseuse*. Seul, un pied merveilleux reste visible.

Pourquoi, devant sa dernière œuvre, tenue longtemps secrète, Frenhofer donne-t-il alors à ses amis le conseil inverse du précédent : « Approchez, vous verrez mieux ce travail. De loin, il disparaît » (l. 913-914) ? Que doit alors montrer la peinture ? C'est sur son geste même d'artiste, sur ses matériaux, que Frenhofer attire l'attention, sur tout ce qui, habituellement, reste caché. D'où l'emploi du terme « travail » qui met l'accent sur le processus plus que sur son résultat. Cet abandon d'une peinture figurative, cette importance donnée à la matérialité même de l'œuvre d'art ont parfois incité à lire cette nouvelle comme une géniale intuition des découvertes de la peinture du XXe siècle. Frenhofer, en 1612, et Balzac en 1831, seraient des prophètes de l'abstraction et *Le Chef-d'œuvre inconnu*, trop en avance sur son temps pour pouvoir être *reconnu*, ne serait qu'un chef-d'œuvre *méconnu*. Une telle interprétation reste bien hasardeuse par son anachronisme. En indiquant différents endroits d'où l'œuvre peut être saisie, dans la proximité ou l'éloignement, Frenhofer suggère une conception en réalité ancienne, que les anamorphoses[1] du XVIe siècle et certaines peintures baroques exprimaient déjà : il n'existe pas de perspective unique et l'œuvre n'est pas un absolu.

Les références au néoclassicisme dans les deux récits

On le voit, ne lire *Le Chef-d'œuvre inconnu*, hors de son contexte de rédaction, que comme une intuition de l'art moderne relève du malentendu ; ne lire les deux nouvelles que par rapport à leur contexte immédiat (1830) comme des manifestes romantiques – sans tenir compte par conséquent du cadre que pose la fiction (les XVIIe et XVIIIe siècles) – semble tout aussi réducteur. D'ailleurs, par bien des aspects, elles se réfèrent également à l'esthétique du **néoclassicisme**. Ce mouvement, qui s'épanouit de la seconde moitié du XVIIIe siècle jusqu'au début du XIXe siècle (avec des persistances ultérieures), cherche dans l'imitation des œuvres de l'Antiquité, notamment la statuaire grecque, un beau idéal. Il faut lier cette sensibilité néoclassique au regain d'intérêt pour l'archéologie que provoque la découverte de Pompéi et d'Herculanum. Dans la période troublée de la fin de l'Ancien Régime, la relecture des modèles antiques paraît rassurante. Ce renouveau classique a ses théoriciens, comme l'historien d'art allemand Winckelmann (1716-1768), établi à Rome dès 1755 et que Diderot contribue à faire connaître, ou encore Quatremère de Quincy (1755-1849). En France, les peintres Vien et David, les sculpteurs Bouchardon et Canova illustrent ce mouvement.

---

1. L'anamorphose (d'un verbe grec qui signifie « transformer ») est un phénomène optique utilisé parfois en peinture. Cette technique permet la déformation d'un objet ou d'une figure par la perspective. Ainsi, le spectateur du tableau d'Holbein, *Les Ambassadeurs* (1533), en se déplaçant vers la droite peut apercevoir au premier plan un crâne, là où il ne voyait qu'une forme bizarre en oblique sur le sol. Frenhofer mentionne ce peintre au premier chapitre.

Dans *Le Chef-d'œuvre inconnu*, le pied nu admirable qui échappe seul au lent travail de destruction est comparé à un « torse de quelque Vénus en marbre de Paros » (l. 885). C'est donc au modèle de la statuaire antique que se réfère le narrateur pour évoquer la perfection atteinte par le peintre. Et si ce que Frenhofer dit de sa technique évoque d'abord, on l'a vu, la touche d'un Delacroix (l'empâtement des couleurs pour donner l'apparence de la vie), le peintre balzacien recommande aussitôt « un travail contraire, en effaçant les saillies et le grain de la pâte » (l. 909-910). On retrouve alors plutôt la manière lisse et académique prônée par Ingres. Frenhofer rêve-t-il d'une impossible synthèse ?

L'influence des conceptions néoclassiques est plus nette encore dans *Sarrasine* : la formation du sculpteur dans l'atelier de Bouchardon est une formation académique nourrie de l'admiration des œuvres du passé. Après avoir gagné le prix de sculpture institué par le marquis de Marigny, Sarrasine se rend donc à Rome. Il y étudie les œuvres antiques et rêve du beau idéal, dont les « merveilles des Vénus révérées et rendues par le ciseau des Grecs » (l. 676-677) lui offrent un reflet. Dans la figure de la cantatrice Zambinella, « il admirait [...] la beauté idéale de laquelle il avait jusqu'alors cherché çà et là les perfections dans la nature, en demandant à un modèle, souvent ignoble, les rondeurs d'une jambe accomplie ; à tel autre, les contours du sein ; à celui-là, ses blanches épaules » (l. 662-666). Balzac désigne ici les méthodes de travail des artistes néoclassiques, qui sélectionnent des éléments choisis dans la nature pour les assembler dans une œuvre et atteindre une beauté universelle.

Codes néoclassiques et inspiration romantique se mêlent donc étroitement dans *Le Chef-d'œuvre inconnu* et surtout dans *Sarrasine* comme en écho à l'*Endymion*, œuvre charnière entre ces deux écoles artistiques. Mais ces questions spécifiques à la peinture et à la sculpture, à leurs courants et à leurs techniques ne sont pas développées ici de façon abstraite : elles sont mises en scène dans des récits et illustrées à travers des personnages d'artistes. Balzac, suivant en cela le conseil de Porbus, choisit de « méditer » sur l'art la plume de romancier « à la main » (l. 537).

LE REGARD DU XIXe SIÈCLE SUR LES ARTISTES DU PASSÉ

Le portrait des « maîtres d'autrefois »

Au début du XIXe siècle, la mode est aux romans et tableaux qui mettent en scène des artistes du passé, dans des épisodes souvent anecdotiques. Raphaël, Michel-Ange, Poussin, sont ainsi très souvent représentés dans la peinture de cette époque. Ingres, qui avait d'ailleurs projeté de consacrer également une série d'œuvres à la vie de Poussin, expose par exemple en 1814 *Raphaël et la Fornarina* : sur ce tableau, le grand peintre italien se détourne de sa maîtresse pour regarder devant lui, sur le chevalet, la femme peinte. Il se détourne de la nature pour aller vers l'art, comme le feront Poussin et Frenhofer, oubliant Gillette dans le récit de Balzac.

Delacroix exploite la même veine : il présente au Salon de 1831 *Raphaël méditant dans son atelier* et vingt ans plus tard *Michel-Ange dans son atelier*.

Des chefs-d'œuvre connus au Chef-d'œuvre inconnu

La vogue de ces œuvres, où des peintres traitent de la vie de leurs prédécesseurs, peut s'expliquer par des raisons d'ordre sociologique et esthétique.

Il s'agit d'abord, en représentant le plus souvent l'artiste entouré par les rois et les grands de ce monde (dans son atelier, ou sur son lit de mort : l'aquarelle de Granet, *La Mort de Poussin*, en offre un exemple), de renverser un discours traditionnel sur l'artiste bohème, paresseux, improductif. Ces scènes idéalisées célèbrent les relations chaleureuses entre les peintres et leurs protecteurs, l'hommage rendu à leur génie et les bienfaits du mécénat.

Ces œuvres constituent aussi des manifestes esthétiques : elles permettent de rendre compte d'une théorie de la création. Deux types de scène semblent alors privilégiés. Les peintres, en s'inspirant d'ouvrages de vulgarisation qui fournissent des mines d'anecdotes biographiques, représentent volontiers l'enfance des artistes. Les grands maîtres, que l'on représentait jusque-là sur leur lit de mort, vont à partir de 1830 ressusciter sous l'apparence d'enfants ou de jeunes hommes vigoureux... Il s'agit de souligner l'importance des impressions d'enfance et de jeunesse sur le développement du talent (on peut rappeler que Poussin a tout juste 18 ans dans le récit de Balzac). Ces œuvres alimentent l'Idée de « l'œil innocent » comme explication du génie ; « le génie, c'est l'enfance retrouvée à volonté » écrira Baudelaire en 1863.

Un second type de scène rencontre un grand succès, celui de l'artiste au travail, dans son atelier, trouvant mystérieusement l'inspiration. L'idée que le créateur n'est pas maître de sa création mais obéit à des forces mystérieuses (« Il n'est pas lui-même dans le secret de son intelligence[1] ») est fondamentale à cette époque.

Un tableau d'Ingres témoigne de façon exemplaire de cette mode artistique et de ses motivations didactiques : *L'Apothéose d'Homère*, grand succès du Salon de 1827. Sur la toile, une foule d'artistes de l'Antiquité, de la Renaissance ou du XVIIe siècle se presse autour du poète grec Homère, qui trône au centre comme une divinité. Parmi eux, Raphaël et Michel-Ange. Mais c'est Poussin qu'Ingres choisit pour interprète. D'un geste de la main, au premier plan du tableau, il montre la voie à suivre en désignant Homère : il faut imiter les Anciens, et l'artiste véritable est aussi un poète.

Pourquoi Poussin ?

Balzac, en choisissant un peintre célèbre du XVIIe siècle comme personnage central de son récit, s'inscrit donc dans une mode picturale et littéraire. Il s'en distingue cependant par son refus de la simple anecdote et de la petite histoire. Le « poussinisme » va alors lui offrir un moyen de développer certaines considérations sur l'art : depuis la fin du XVIIIe siècle s'élabore en effet un véritable « mythe Poussin ». Bien sûr, d'autres artistes fameux apparaissent dans le récit : Titien, Michel-Ange, Raphaël (en prononçant son nom, Frenhofer ôte son bonnet « pour exprimer le respect que lui inspirait le roi de l'art », l. 214). Mais ils ne jouent aucun rôle dans l'intrigue : cette « galerie de peintres » n'est là que pour illustrer le discours de Frenhofer et témoigner de sa longue étude des grands maîtres.

Mais Nicolas Poussin (1594-1665), apprécié au XIXe siècle comme l'héritier de la grande tradition classique française, incarne véritablement

1. Balzac, article « Des Artistes », publié dans la revue *La Silhouette* en 1830.

un modèle. Son caractère solitaire, son refus des honneurs et son indépendance sont en effet des traits qui séduisent les contemporains de Balzac. Installé à Rome à partir de 1624 (il ne revient en France que de 1640 à 1642, à la demande du roi Louis XIII), il se tient loin des cours et crée pour un petit cercle d'amateurs et de collectionneurs lettrés. Il refuse ainsi peu à peu les contraintes des commandes imposées et des délais rigoureux et préserve sa liberté de créateur, comme Frenhofer dans *Le Chef-d'œuvre inconnu*.

La peinture de Poussin est exigeante : il renonce aux facilités de la main, à la simple habileté et développe son art comme un acte médité, une recherche (les biographes ont rapporté la longue genèse de ses tableaux). Une formule résume bien ses exigences : « grande théorie et pratique jointes ensemble[1] ». Or c'est bien la leçon que Porbus adresse au jeune Poussin dans la nouvelle de Balzac.

Enfin, comme Frenhofer, le véritable Nicolas Poussin s'affirme autant poète que peintre. Il emprunte très souvent les sujets de ses œuvres à la littérature, notamment à des auteurs grecs et latins, et passe pour un peintre érudit. Il fait sienne cette formule de son ami le poète italien Marino : « La poésie est une peinture qui parle, et la peinture une poésie muette. » De Frenhofer, Balzac affirme de même : « Il est encore plus poète que peintre » (l. 920).

On pourrait ajouter que, comme Balzac, Poussin a recours à des figurines de cire. Le peintre les place dans un petit théâtre pour travailler la composition de ses toiles. Le romancier, lui, utilise ses figurines comme aide-mémoire pour les personnages de son « théâtre », *La Comédie humaine*.

Ce mythe Poussin, on le voit, permet donc à Balzac d'exposer certaines idées sur l'art et de construire non seulement son personnage central mais aussi ses trois personnages d'artistes.

Qui est Sarrasine ?

Balzac, en nommant son personnage Ernest-Jean Sarrasine, semble se souvenir de deux artistes du passé. Le sculpteur français du XVIIIe siècle,

1. Lettre de Poussin à son ami Chantelou du 24 novembre 1647.

Sarrazin, dit « Sarrazin de Lyon », était un spécialiste du bois, un matériau qu'affectionne justement le personnage de la nouvelle : « quand il avait volé quelque morceau de bois, il sculptait quelque figure de sainte » (l. 561-563). L'adolescent est d'ailleurs chassé du collège des jésuites pour avoir « sculpté une grosse bûche en forme de Christ » (l. 571). Cependant, on connaît finalement peu de choses sur cet artiste.

C'est à un autre sculpteur bien plus renommé du XVIIe siècle, Jacques Sarrazin (parfois orthographié Sarazin ou Sarasin), que Balzac se réfère sans doute. On sait que cet artiste alla se former à Rome, sous la protection du cardinal Aldobrandini, et travailla à la villa Frascati. Or, c'est dans cette petite ville, près de Rome, que Sarrasine et Zambinella vont, avec la troupe des chanteurs du théâtre, finir au petit matin leur « orgie d'artistes » dans le récit. À son retour en France, Sarrazin travailla pour les façades du Louvre. Diderot, dont les écrits esthétiques ont pu influencer Balzac, cite d'ailleurs ce sculpteur dans son *Salon de 1767*.

Sarrazin/Sarrasine

Pour en faire un personnage littéraire, Balzac transforme Sarrazin en Sarrasine. Cette féminisation du nom a son importance : elle participe à ce brouillage des sexes qui caractérise l'ensemble de la nouvelle. En effet, les personnages comme les œuvres d'art installent ici une incertitude entre masculin et féminin. Zambinella, un jeune homme transformé en castrat, paraît toujours au théâtre habillé en femme. Il semble ainsi réunir en un seul corps les deux sexes, incarner aux yeux du sculpteur l'idéal platonicien de l'androgyne. Filippo Lanty, son petit neveu, trahit une nature ambivalente : le texte lui attribue en effet une beauté efféminée en le comparant à Antinoüs, le favori de l'empereur Hadrien, mais ajoute que son regard annonce « des passions mâles » (l. 111). Enfin, le sculpteur Sarrasine lui-même, dont le récit souligne d'abord le comportement viril, et qui est comparé à Michel-Ange pour son caractère indomptable, manifeste une certaine féminité après sa rencontre avec Zambinella ; pour la séduire, « il se para comme une jeune fille » (l. 827). Son maître Bouchardon, à Paris, a étouffé en lui toute sensualité, l'a écarté des « plaisirs de cette époque licencieuse » (l. 622). Mais à Rome, Sarrasine découvre en même temps son corps (on peut penser à son émoi lorsqu'il entend pour la première fois chanter Zambinella) et son génie créateur. Balzac lie dans un même mystère le corps, ses désirs et la création artistique. C'est pourquoi le chef-d'œuvre du sculpteur, comme ses copies en peinture, portent trace de ce trouble sexuel. La statue de Zambinella par Sarrasine transforme le castrat en femme. Elle est la source du tableau de Vien, qui lui redonne un corps masculin en la représentant en Adonis. Enfin ce tableau inspire à son tour *L'Endymion* de Girodet, à la grâce toute féminine. Une telle série de transfigurations sexuelles (homme/femme) et artistiques (sculpture/peinture) a de quoi donner le vertige. Si le castrat est physiologiquement condamné à la stérilité, la statue du castrat se révèle donc en revanche étonnamment féconde. L'artiste crée une œuvre en retouchant la nature (d'un homme, Sarrasine fait une femme) à partir d'un modèle contre nature. Mais l'une est « un chef-d'œuvre » (« C'était plus qu'une femme, c'était un chef-d'œuvre ! », l. 682-683), l'autre un « monstre » (l. 1202) pour reprendre les termes du récit.

Le discours du XIXe siècle sur les castrats

La coutume romaine, que Sarrasine semble naïvement ignorer en 1758, mais que le prince Chigi lui rappelle lors du bal chez l'ambassadeur, veut que les chœurs de la chapelle Sixtine[1] et l'opéra aient recours aux castrats pour interpréter les rôles de femme (sopranos ou altos).

La castration consistait à opérer de jeunes garçons avant leur mue pour leur conserver une voix claire et aiguë. L'ablation des organes de la reproduction (orchidectomie) interrompt en effet la croissance du larynx. Certains castrats, comme Farinelli (1705-1782), ont été des artistes célèbres en leur temps. Mais à partir du XVIIIe siècle, l'opinion s'émeut d'une telle pratique et certains humanistes dénoncent cette mutilation barbare. Rousseau, par exemple, dans son *Dictionnaire de la musique*, en 1767, veut « faire entendre la voix de la pudeur et de l'humanité qui crie et s'élève contre cet infâme usage ». Le narrateur de *Sarrasine* prétend par son récit « donner une haute idée des progrès faits par la civilisation actuelle. On n'y fait plus de ces malheureuses créatures » (l. 1252-1254). D'autant plus que ces enfants sont souvent choisis dans des milieux défavorisés et achetés à leurs parents par des « protecteurs »

1. Cette coutume date du XVIe siècle.

peu scrupuleux. C'est le prince Chigi qui, dans la nouvelle de Balzac, a financé l'opération de Zambinella et s'en vante auprès de Sarrasine : « C'est moi, monsieur, qui ai doté Zambinella de sa voix. J'ai tout payé à ce drôle-là » (l. 1125-1126). Par la suite, le chanteur s'est « proposé » à un protecteur plus puissant, le cardinal Cicognara, qui devient alors son mécène et lui permet d'amasser la fortune dont hérite la famille Lanty. Ce n'est qu'en 1902 que le pape Léon XIII interdit cette pratique et exclut les castrats de la chapelle Sixtine.

Le regard du XIXe siècle sur ces artistes singuliers est double. Ils inspirent la pitié, parfois le dégoût, mais aussi une certaine fascination. Le peintre Géricault (1791-1824), qui a séjourné à Rome, résume dans une lettre ses impressions mêlées : « leurs accents inspirent le ravissement et la pitié tout ensemble. » L'intérêt que suscitent les castrats est parfois teinté de nostalgie car même si certains, comme Velluti (1780-1861), font encore carrière au temps de Balzac, ils représentent bien une époque révolue. Cet intérêt est alors plutôt de l'ordre de la curiosité : le castrat devient un personnage pittoresque et scandaleux en 1830 comme en témoigne *Sarrasine*, le sujet privilégié d'un récit à sensation.

Ce n'est alors pas tant l'art pictural, musical ou statuaire en lui-même qui intéresse Balzac que les ressources qu'il peut en tirer sur le plan narratif. De tels sujets offrent en outre à l'écrivain la possibilité d'un autoportrait, ils constituent un miroir où le romancier se regarde créer.

LE CONTEXTE BIOGRAPHIQUE

En 1830-1831, deux questions se posent à Balzac. Comment vivre de sa plume ? Comment se faire un nom ? La publication de *Sarrasine* et du *Chef-d'œuvre inconnu* coïncide en effet avec un tournant, à la fois dans la carrière de l'écrivain et dans sa vie personnelle.

COMMENT VIVRE DE SA PLUME ? DES ROMANS DE JEUNESSE AU JOURNALISME

Les romans de jeunesse

« La librairie est morte. Il n'y a plus pour moi de ressources que dans les journaux », écrit Balzac à son amie Zulma Carraud en avril 1830. Balzac a alors 31 ans. Il s'est essayé à tous les métiers du livre : éditeur, imprimeur entre 1825 et 1828 – deux entreprises qui se soldent par des désastres financiers –, écrivain. En dehors de nombreux romans de jeunesse publiés sous divers pseudonymes qui exploitent la mode du roman noir et du roman sentimental, Balzac commence à être connu en 1830 comme l'auteur de trois œuvres :
– *Le Dernier Chouan ou la Bretagne en 1800* (qui deviendra *Les Chouans*), un roman historique, le premier signé de son nom : Honoré Balzac, en 1829 ;
– *La Physiologie du mariage*, publié anonymement la même année, présente les observations ironiques d'un « jeune célibataire » sur la vie conjugale. Cet ouvrage connaît un certain succès ;
– Enfin, un premier volume de *Scènes de la vie privée* est paru en avril 1830. Ce recueil de six nouvelles poursuit l'évocation des mariages malheureux, notamment entre un peintre et son modèle *(La Maison du Chat-qui-pelote, La Vendetta)*.

Ces œuvres témoignent d'une triple orientation qu'on retrouve dans *Sarrasine* et *Le Chef-d'œuvre inconnu* : la recherche d'une dimension historique ; l'observation ironique des mœurs et l'intérêt pour la psychologie féminine ; enfin la mise en scène du personnage complexe de l'artiste.

L'influence du journalisme

Mais, en 1830, Balzac est ruiné. Il renonce provisoirement à la librairie et entame une nouvelle carrière. Il se tourne vers le journalisme qui offre des conditions de paiement plus faciles et s'avère plus fructueux que la librairie, en crise ces années-là. On assiste en effet en France, en 1830, sous un régime plus libéral, à un foisonnement de la presse. Balzac collabore d'ailleurs souvent simultanément à différents périodiques et hebdomadaires comme *La Silhouette*, *Le Voleur* ou *La Caricature*, avec des articles très variés. *Sarrasine* et *Le Chef-d'œuvre inconnu* paraissent dans deux nouvelles revues concurrentes, à quelques mois d'intervalle.

Sarrasine est publié en deux livraisons, les 21 et 28 novembre 1830, par la *Revue de Paris*, une revue littéraire qui se consacre à la diffusion de contes et nouvelles d'auteurs contemporains et qui a fait connaître le conteur allemand Hoffmann, mort depuis 1822. C'est dans *L'Artiste* que paraît, en juillet et août 1831, la première version du *Chef-d'œuvre inconnu*. Cet hebdomadaire, dirigé par Achille Ricourt, connaît un vif succès auprès de la jeunesse romantique. Le « conte fantastique » de Balzac est tout à fait en rapport avec ses objectifs : défendre les arts et les artistes, leur offrir une tribune pour exposer leurs doctrines et vulgariser leurs œuvres par un procédé nouveau, la lithographie.

On comprend que Balzac soit ainsi tenu de répondre aux attentes d'un lectorat spécifique et tributaire des modes. Quelles contraintes implique la publication dans ces deux revues en 1830 ? On peut en citer quatre : la brièveté de la forme ; le recours au surnaturel, puisque la mode est au fantastique ; la présence des thèmes de l'art et de l'artiste ; enfin, pour tenir le lecteur en haleine, la mention et le dévoilement final d'un secret, d'une anecdote sémillante, voire scabreuse.

L'expérience du journaliste façonne ainsi l'écriture du romancier. Les deux œuvres vont par la suite connaître de nombreux remaniements pour être publiées en volumes.

SARRASINE ET *LE CHEF-D'ŒUVRE INCONNU* ENTRENT DANS LA COMÉDIE HUMAINE

Les étapes d'une publication

Sarrasine et *Le Chef-d'œuvre inconnu* sont d'abord rassemblés dans le recueil des *Romans et contes philosophiques* en 1831. Mais pour peu de temps. Dès 1835, *Sarrasine* abandonne ce statut de conte philosophique pour être inséré dans les *Études de mœurs*, parmi des fictions à caractère historique et réaliste. En 1837, Balzac renonce au sous-titre « conte fantastique » du *Chef-d'œuvre inconnu* et l'enrichit de considérations sur l'art ; car il projette de le publier conjointement à *Gambara* et *Massimilla Doni*, deux autres drames de la création artistique, pour constituer une trilogie de « contes artistes ». Mais ce projet n'aboutira pas. Le romancier, revenu à la librairie depuis le succès de *La Peau de chagrin* en 1831, travaille durant ces années à un recueil d'une toute autre ampleur : il conçoit peu à peu le plan d'ensemble de *La Comédie humaine*, dont il adopte le titre en 1842, en référence à *La Divine Comédie* de Dante[1]. Cette œuvre gigantesque, qui paraît de 1842 à 1846, lui permettra de réunir tous ses récits, de les lier par le procédé du retour des personnages (imaginé dès 1834) et de les répartir en trois grands ensembles, comme le romancier s'en explique dans l'*Avant-propos* de 1842 : les *Études de mœurs au XIXe siècle* décrivent « les effets » sociaux ; les *Études philosophiques* recherchent les « causes » de ces phénomènes ; et les *Études analytiques* énoncent les principes du fonctionnement social. *Le Chef-d'œuvre inconnu* entre alors dans les *Études philosophiques*, tandis que *Sarrasine* prend en 1844 sa place définitive parmi les « Scènes de la vie parisienne » des *Études de mœurs*.

Des déplacements et remaniements significatifs

Ce nouveau classement, on le voit, est l'indice d'un déplacement du sens. Alors que s'affirme, de 1831 à 1846, par le jeu des remaniements, la nature philosophique du *Chef-d'œuvre inconnu*, Balzac incite plutôt à lire *Sarrasine* comme une histoire parisienne, doublée d'une aventure italienne qui prend sa pleine signification dans le cadre plus large d'une observation ironique des mœurs. Pour renforcer la cohésion d'ensemble de son œuvre, Balzac modifie les noms propres dans *Sarrasine* : des personnages célèbres de *La Comédie humaine* apparaissent alors dans ce texte dont la conception date d'avant *La Comédie humaine*. « Nucingen », le riche banquier du *Père Goriot* (1835), est ainsi mentionné par les invités du bal dès l'ouverture du récit. La jeune femme qui accompagne le narrateur et à qui il raconte l'histoire de Sarrasine, d'abord désignée comme « comtesse de *** », devient madame de Rochefide en 1844, du nom de l'héroïne de *Beatrix*. Mais il faut noter que ni Sarrasine, ni Poussin, ni Porbus, ni Frenhofer ne réapparaissent dans d'autres récits de *La Comédie humaine*. Ces artistes ne sont pas amenés à poursuivre leur carrière de personnages romanesques, soit parce qu'ils appartiennent à l'Histoire et brident ainsi l'imagination du romancier, soit parce qu'ils sont sentis, assez tôt, comme des « doubles » de leur auteur.

---

1. Dante, écrivain italien du XIVe siècle, propose dans ce long poème une construction théologique : une vision des Enfers, du Purgatoire et du Paradis. C'est au contraire une construction sociologique que cherche à éclairer Balzac dans *La Comédie humaine*.

COMMENT SE FAIRE UN NOM ? FILIATIONS RÉELLES ET IMAGINAIRES

Honoré de Balzac est né en 1799 à Tours. Sa mère a alors 21 ans et son père 53 ans. Issu d'une famille paysanne, Bernard-François Balzac, un nom qu'il a substitué à celui de Balssa en 1776, est devenu fonctionnaire administratif. Les parents d'Honoré ne lui transmettent guère que ce nom ; Honoré se plaindra toute sa vie d'avoir été frustré de tendresse maternelle. Il est élevé loin de sa famille, confié à une nourrice et placé très tôt comme interne au collège de Vendôme, où il reste de 8 à 14 ans.

La famille Balzac s'établit en 1814 à Paris, où Honoré achève ses études secondaires et entreprend des études de droit. Sa mère rêve pour lui d'une carrière de notaire. Il entre donc comme « petit clerc » dans une étude d'avocats. Mais en 1819, à 20 ans, Honoré affirme sa vocation d'écrivain contre l'avis de sa famille. Après le recours à divers pseudonymes pour ses publications de jeunesse (comme son père avant lui, il transforme ou masque son nom – en lord R'hoone ou Horace de Saint-Aubin), il décide de signer de son patronyme. Le premier roman où apparaît le nom d'Honoré Balzac, *Le Dernier Chouan*, est édité en 1829, quand son père, malade, est sur le point de mourir. Il faut en quelque sorte que meure le père pour que le fils puisse devenir pleinement écrivain.

Se faire un nom, signer de son nom, voilà bien le désir des artistes du *Chef-d'œuvre inconnu* et de *Sarrasine*. « On pourrait mettre son nom au bas d'une pareille œuvre. Oui, je la signerais » (l. 336-337), déclare Frenhofer devant le tableau de Porbus, *Marie égyptienne*, qu'il vient de retoucher. Un jeune artiste copie lestement ce tableau au crayon rouge et signe son dessin : le nom de Nicolas Poussin entre alors dans le texte. De même, Sarrasine part à Rome « en proie au désir d'inscrire son nom entre les noms de Michel-Ange et de M. Bouchardon » (l. 635-636). Dans ces deux récits, la conquête du nom engage le problème de la filiation et de la transmission. Poussin, qui a sans doute fui la maison familiale (si l'on en croit la biographie réelle du peintre), trouve en Porbus et Frenhofer des figures paternelles, des pères de substitution, tout comme Sarrasine, privé de mère et maudit par son père, auprès du sculpteur Bouchardon. Le père d'élection est alors celui qui transmet non pas son nom mais un savoir artistique. Des filiations imaginaires se dessinent ainsi, par une généalogie sans femme : dans ces deux nouvelles, la femme n'est jamais mère. Elle ne peut transmettre la vie, parce qu'elle n'est pas véritablement femme ou n'est qu'une femme artificielle. Zambinella est en réalité un castrat, qui ne peut donner naissance qu'à des œuvres d'art. Catherine Lescault, l'« épouse » de Frenhofer, n'est qu'une femme peinte. Gillette est bien une femme de chair mais elle devient un corps dégradé, sacrifié à la peinture.

LA RÉCEPTION DES ŒUVRES

DES CONTES À LA MODE DE 1830

Sarrasine et *Le Chef-d'œuvre inconnu* éveillent, à leur parution, une certaine curiosité dans la mesure où ils répondent tout à fait aux attentes des lecteurs de revues de 1830. Sous couleur d'un certain fantastique, ces nouvelles traitent de l'art et de l'artiste selon un « bric-à-brac [1] » très en vogue sous la monarchie de Juillet : tableau de genre hollandais, scène d'atelier romantique et portrait à la grâce ambiguë, dans le style de Girodet, s'y côtoient. Ces œuvres confirment la réputation de « contier » (le mot est de son invention) que Balzac s'est déjà acquise par de nombreux récits brefs, de qualité inégale. Mais on ne les distingue pas encore parmi ces publications. Ni *Sarrasine* ni *Le Chef-d'œuvre inconnu* ne consacrent l'écrivain : c'est avec le roman *La Peau de chagrin* que Balzac deviendra célèbre quelques mois plus tard.

Les lecteurs de l'époque ont d'ailleurs été plus sensibles à la traditionnelle dimension sentimentale de ces récits qu'à leur aspect fantastique ou à leur contenu philosophique original. « Ces scènes gracieuses de la vie artiste », écrit ainsi un critique en 1832 dans *La France provinciale*, illustrent avant tout « la lutte de l'amour et de l'ambition, du cœur et de la tête ». Cette lecture centrée sur le drame amoureux ne trahit sans doute pas totalement les préoccupations de Balzac. *Sarrasine*, histoire d'une double séduction, s'inspire en partie d'un épisode galant des *Mémoires* de Casanova [2], dont les premiers volumes sont parus en France

1. *Bric-à-brac :* mélange d'objets d'art hétéroclites, accumulés à profusion, caractéristique des goûts de la première moitié du XIXe siècle. Balzac en donne un exemple dans son roman *Le Cousin Pons.* \ 2. *Casanova :* Giacomo Casanova (1725-1798) est un aventurier et écrivain italien, célèbre pour ses exploits romanesques et amoureux.

en 1826 avec un grand succès. La modification des titres que Balzac envisageait pour les deux chapitres du *Chef-d'œuvre inconnu* témoigne de la même préoccupation : les titres initiaux (« Maître Frenhofer » et « Catherine Lescault ») posaient le rapport de l'artiste à son œuvre ; ceux finalement choisis (« Gillette » et « Catherine Lescault ») mettent plutôt en valeur la rivalité amoureuse entre la femme de chair et la femme peinte. C'est d'ailleurs sous le titre *Gillette* que Balzac publie cette nouvelle en 1847 dans les deux volumes du *Provincial à Paris*.

LES FILIATIONS LITTÉRAIRES AU XIXe SIÈCLE : LE JEU DES RÉÉCRITURES

Si l'on excepte l'intrigue sentimentale, *Le Chef-d'œuvre inconnu* offre bien des ressemblances avec un conte de E. T. A. Hoffmann, écrivain et compositeur allemand, *La Leçon de violon*. Le récit de Balzac inspire à son tour, explicitement, une nouvelle d'Henry James, *La Madone du futur* et un roman de Zola, *L'Œuvre*. Un jeu complexe de réécritures s'instaure donc entre ces fictions, qui permet de mesurer le rayonnement du texte de Balzac.

Le Chef-d'œuvre inconnu : *une réécriture de* La Leçon de violon *d'Hoffmann*

La Leçon de violon paraît en avril 1831 dans *L'Artiste*, cette même revue qui publie *Le Chef-d'œuvre inconnu* quelques mois plus tard. Balzac emprunte au conteur allemand son trio d'artistes (il s'agissait de musiciens chez Hoffmann), le thème de la transmission et la progression dramatique du récit. Un mystère entoure le personnage le plus âgé, la figure du vieux maître. Le baron de B., un homme riche, original, passionné par son art, se dit le seul « élève du grand Tartini », comme Frenhofer celui de Mabuse. Il prodigue ses conseils techniques à un musicien reconnu, le maître de chapelle Haak, et au narrateur, un jeune violoniste enthousiaste de 16 ans. Le conte ménage un même coup de théâtre final : alors qu'il attend la révélation d'un talent exceptionnel et de secrets artistiques, le jeune élève constate que le baron ne peut tirer de son violon que des « miaulements » insupportables et demeure victime de son illusion, tout comme Frenhofer dans *Le Chef-d'œuvre inconnu*.

La Madone du futur de James : un pastiche du *Chef-d'œuvre inconnu*

L'écrivain américain Henry James (1843-1916) s'est déclaré le disciple de Balzac (« blotti techniquement dans la grande ombre de Balzac ») dans de nombreux articles critiques et dans ses œuvres mêmes. Ainsi, dans *La Madone du futur*[1], nouvelle publiée en mars 1873, il semble rendre hommage au romancier français par un jeu de citations et d'emprunts au *Chef-d'œuvre inconnu*. Cette nouvelle offre une même image de l'artiste habité par le doute et fasciné par un rêve inaccessible. Le peintre américain Théobald, établi à Florence, s'est attiré la curiosité puis les moqueries de toute la ville : il a entrepris depuis plus de vingt ans une toile qu'il n'a jamais exhibée. Elle sera, annonce-t-il, la quintessence de toutes les madones peintes par l'école italienne de la Renaissance. Par un même effet de surprise finale, le narrateur, pénétrant dans l'atelier du peintre, découvre que le chef-d'œuvre annoncé n'est qu'une toile vierge, craquelée par le temps. L'artiste ne survit pas à l'évanouissement de son rêve et meurt en quelques heures d'une fièvre cérébrale.

« Inconnu » et « futur » : les titres de Balzac et James annoncent un même inachèvement de l'œuvre, sous la figure du trop-plein ou du vide. Mais s'il en reprend la trame narrative, James semble se livrer à un pastiche du conte de Balzac et l'infléchir vers le grotesque. Le narrateur de *La Madone du futur* transforme l'aventure du peintre en « aventure intéressante » pour en tirer quelque gloire mondaine. Sous le déguisement d'un esthète idéaliste, Théobald apparaît comme une réplique bouffonne de Frenhofer. Cette nouvelle, qui reprend et démarque le texte de Balzac, est l'un des premiers récits d'une lignée que l'écrivain américain consacre aux « génies perdus » (comme le roman du sculpteur *Roderick Hudson* en 1875). La présence d'un secret entourant l'œuvre d'art constitue le motif d'une autre nouvelle de James, en 1896 : *L'Image dans le tapis*.

L'Œuvre de Zola : un prolongement du *Chef-d'œuvre inconnu*

S'il a inspiré James, Balzac fait également figure de réminiscence littéraire auprès de Zola. Un article paru dans *Le Voltaire* du 3 mai 1886 sous le titre « Un nouveau plagiat » accusait Zola de s'être fortement inspiré

1. *The Madonna of the Future*, nouvelle publiée dans le magazine américain l'*Atlantic Monthly* en 1873, est traduite pour la *Revue des Deux Mondes* en 1876.

du conte de Balzac. Frenhofer et Claude Lantier sont en effet épris d'un même absolu de perfection dans la création de la beauté féminine. Tous deux éprouvent une même passion artistique qu'ils ne peuvent satisfaire. Ils se désespèrent de ne pouvoir rendre sur la toile certains jeux de lumière, certains effets de volume. Tous deux gâchent finalement leur œuvre à force de retouches : sur le dernier tableau de Claude apparaît « un empâtement de tons lourds ». Et ils finissent par se donner la mort après avoir brûlé leur dernière œuvre.

Mais Zola répond dans *Le Voltaire* à cette accusation de plagiat : « Il peut y avoir quelques points communs, en tous cas ils sont infiniment plus développés dans *L'Œuvre* que dans *Le Chef-d'œuvre inconnu.* » De son aveu même, Zola prolonge et amplifie le conte de Balzac en l'enracinant dans son époque. Il a voulu peindre, écrit-il dans ses carnets préparatoires, « la lutte de l'artiste contre la nature, l'effort de la création pour faire de la vie ». Mais sur le modèle romantique du génie solitaire qu'adoptaient Balzac et, avec plus de distance, James, Zola forge en 1886 un nouveau personnage plus proche des théories du naturalisme. La notion de génie interfère alors avec des facteurs physiologiques héréditaires (Claude Lantier, le fils de Gervaise, souffre de la « fêlure » qui marque la famille des Rougon-Macquart), avec des facteurs historiques et sociaux (la « décadence » impériale que dénonce Zola).

« FRENHOFER, C'EST MOI » : CÉZANNE ET PICASSO LECTEURS DE BALZAC

La lecture de Cézanne

L'amitié d'enfance de Zola et Cézanne prend brutalement fin avec la parution de *L'Œuvre.* Le peintre Cézanne s'est reconnu dans le portrait de Claude Lantier, dans ses doutes, sa violence, sa soif d'absolu. Et dans l'impuissance à laquelle Zola condamne finalement son personnage, « génie avorté[1] », Cézanne a lu une condamnation sans appel de sa propre peinture. À ce contre-modèle, Cézanne substitue alors un modèle valorisant : « Frenhofer, c'est moi » se serait-il écrié selon ses biographes[2]. Il retrouve en effet dans

1. C'est une expression qu'emploie le narrateur du roman *L'Œuvre* (1886). \ 2. Des propos rapportés par le peintre E. Bernard dans ses *Souvenirs sur Cézanne* (1904), par le poète J. Gasquet dans *Cézanne* (1926) et l'écrivain Rilke dans ses *Lettres sur Cézanne* (lettre du 9 octobre 1907).

le récit de Balzac certaines de ses idées sur l'art. Comme Frenhofer, il affirme l'inexistence de la ligne dans la nature : « le dessin pur est une abstraction » et ne distingue pas le dessin et la couleur ; pour lui, le dessin naît de l'agencement des couleurs. À la fin de sa vie, Cézanne suggère d'ailleurs l'espace par des aplats colorés. Peintre d'avant-garde, il ne rejette pourtant pas ses filiations artistiques : comme Frenhofer, il admire les peintres vénitiens et déclare vouloir « refaire du Poussin sur nature ». Comme le personnage de Balzac, il rêve d'atteindre la perfection dans l'art et demeure insatisfait devant ses tentatives inabouties, participant à l'invention d'une esthétique de l'inachèvement[1]. Sa peinture reste longtemps incomprise : ses envois au Salon sont refusés jusqu'en 1882 et, lors de ses expositions (comme celle organisée par Ambroise Vollard en 1895), il n'est salué que par des artistes d'avant-garde. *Le Chef-d'œuvre inconnu*, que Cézanne avait souvent lu et annoté, lui inspire quelques dessins, comme *Le Peintre tenant sa palette* ou *Frenhofer montre son chef-d'œuvre*. Certains biographes, fascinés par cette identification du peintre réel au peintre imaginaire, ont d'ailleurs été tentés de faire de Cézanne un personnage balzacien…

Picasso illustre **Le Chef-d'œuvre inconnu**

Picasso, admirateur de Cézanne, illustre en 1931 *Le Chef-d'œuvre inconnu* à la demande de l'éditeur et marchand d'art Ambroise Vollard. Sur plusieurs de ces gravures, Frenhofer ressemble étrangement à Picasso lui-même et l'on devine qu'un jeu de reconnaissances s'opère entre les deux peintres. Mais des écarts significatifs apparaissent également. Ainsi la planche *Le Peintre et son modèle tricotant* (voir image p. 153) représente un modèle qui est la négation même de la beauté : une vieille femme négligée, bien loin de la figure radieuse de la jeune Gillette. Picasso semble rendre hommage aux capacités d'invention des peintres qui ne copient pas le réel mais le transfigurent : il rejoint ainsi les préceptes de Frenhofer. Enfin les dessins en lignes et points que propose Picasso, au début de l'œuvre, comme en écho aux cinq mystérieuses rangées de points de Balzac dans le texte, prolongent également les propos de Frenhofer : ils suggèrent l'importance de l'inspiration et la liberté du peintre, qui à une reproduction de la réalité préfère « une multitude de lignes bizarres » (l. 876). Loin de

1. Cézanne ne pensait jamais en termes de tableaux finis : « Le fini fait l'admiration des imbéciles », déclare-t-il.

lire un « gâchis » dans cette « muraille de peinture » (l. 877) comme Poussin et Porbus, l'illustrateur montre qu'il reconnaît le génie visionnaire de l'artiste balzacien. Avec Cézanne et Picasso, l'échec de Frenhofer s'inverse donc en victoire. Par ces illustrations et ces interprétations, Picasso s'approprie l'œuvre de Balzac, mais aussi le lieu de l'œuvre : en 1937, il installe son atelier rue des Grands-Augustins à Paris, rue mentionnée dès la première phrase du récit, où Poussin rencontre Porbus et Frenhofer.

DE NOUVELLES LECTURES AU XXe SIÈCLE

Les deux nouvelles de Balzac continuent à inspirer illustrateurs, adaptateurs et commentateurs. Une abondante critique leur est consacrée. Ainsi, dans la perspective du structuralisme, Roland Barthes propose une lecture « pas à pas » de *Sarrasine* en 1970 dans *S/Z*. De nombreux philosophes, notamment Louis Marin et Hubert Damisch, commentent ces œuvres sous l'angle spécifique de l'esthétique et interrogent « la représentation de peinture ». Des historiens d'art comme Adrien Goetz[1] s'intéressent aux sources des propos artistiques de Balzac en les replaçant précisément dans le contexte pictural de leur temps. *Sarrasine* fait également l'objet de lectures psychanalytiques : Pierre Citron en propose un exemple dans son ouvrage *Dans Balzac* (voir Bibliographie p. 156). Plusieurs expositions ont eu lieu en 1999 (« Balzac et la peinture » au musée des Beaux-Arts de Tours et « L'artiste selon Balzac » à la Maison de Balzac à Paris) pour célébrer le bicentenaire de la naissance de l'écrivain : elles sont l'occasion de nouvelles approches et interprétations du *Chef-d'œuvre inconnu* et de *Sarrasine*.

En 1991, le cinéaste Jacques Rivette adapte librement Balzac dans le film *La Belle Noiseuse* avec M. Piccoli, E. Béart et J. Birkin. Il poursuit les interrogations de Frenhofer, toujours actuelles, sur la création artistique.

Si elles ont participé à l'élaboration du mythe romantique de l'artiste, les deux nouvelles portent également, on le voit, d'autres significations mythiques qui leur ont permis de « traverser la modernité » en gardant « toute leur virulence[2] » à une époque qui s'interroge sur les rapports de l'œuvre et du réel et met parfois en doute jusqu'à la notion d'œuvre.

1. Adrien Goetz, préface au *Chef-d'œuvre inconnu et autres nouvelles* coll. « Folio classique ». \ 2. Selon les expressions d'Hubert Damisch dans *Fenêtre jaune cadmium ou les dessous de la peinture*, Le Seuil, 1984.

GROUPEMENT DE TEXTES : L'ARTISTE EN REPRÉSENTATION

Lisez les textes 1 à 4, puis répondez aux questions suivantes.

1. Étudiez le jeu des voix et des points de vue dans chacun des textes et ses incidences sur la représentation de l'artiste.

2. Comment ces récits évoquent-ils la réussite ou l'échec ? Comment l'un et l'autre sont-ils évalués ? D'après quels critères ? Quelles explications en sont données ?

3. Les textes mettent-ils en œuvre le mythe romantique de l'artiste ? Quelle conception du génie artistique chacun des extraits propose-t-il ? Vous étudierez notamment les distinctions artiste/artisan, vrai/faux, génie/folie.

4. Peut-on dire qu'avec le personnage de Pierre Grassou Balzac présente une réplique ironique des figures de Frenhofer, Poussin et Sarrasine ?

TEXTE 1 • E.T.A Hoffmann, *La Leçon de violon* (1828)

Traduction de Loève-Veimars (1831)

– Allons, dit le baron, nous allons commencer la leçon. File un son, mon garçon, et soutiens-le le plus longtemps que tu pourras. Ménage l'archet, ménage l'archet : l'archet est pour le violon ce qu'est l'haleine pour le chanteur. Je fis ce qu'il me disait, et je ne 5 pus m'empêcher de me réjouir en voyant que je réussissais à produire un ton vigoureux, que je menai du pianissimo au fortissimo, et que je fis lentement descendre, à longs traits d'archet, par une belle dégradation. – Vois-tu bien, mon fils, s'écria le baron, tu peux exécuter de beaux passages, faire des bonds à la mode, des 10 traits sautillants et des démanchés ; mais tu ne saurais soutenir le ton comme il convient. Allons, je vais te montrer ce qu'on peut faire sortir d'un violon.

Il me prit l'instrument des mains, posa l'archet tout près du chevalet. – Non. Ici les termes me manquent, en vérité, pour expri- 15 mer ce qui en résulta ! L'archet tremblotant fouetta la corde, la fit siffler, geindre, gémir et miauler d'une façon à crisper les nerfs les moins délicats : on eût dit une vieille femme, le nez comprimé par des lunettes, et s'efforçant de retrouver l'air d'une vieille chanson.

En même temps, ses regards se portaient au ciel avec une expres-
20 sion de ravissement divin, et lorsqu'il cessa enfin de promener le maudit archet sur les cordes, ses yeux brillèrent de plaisir, et il s'écria avec une émotion profonde : – Voilà un ton ! voilà ce qu'on appelle filer un son !

Jamais je ne m'étais trouvé dans une situation semblable. Le fou
25 rire qui me prenait à la gorge s'évanouissait à la vue du vénérable vieillard dont les traits étaient illuminés par l'enthousiasme ; et puis toute cette scène me faisait l'effet d'une apparition diabolique, si bien que le cœur me battait violemment, et que j'étais hors d'état de proférer une parole. – N'est-ce pas, mon fils, dit le
30 baron, que cela t'a pénétré jusqu'au fond de l'âme ? Tu n'aurais jamais pu soupçonner qu'il y eût une si grande puissance dans cette pauvre petite affaire que voilà, avec ses quatre maigres cordes.

TEXTE 2 • Honoré de Balzac, *Pierre Grassou* (1839)

Grassou de Fougères ressemblait à son nom. Grassouillet et d'une taille médiocre, il avait le teint fade, les yeux bruns, les cheveux noirs, le nez en trompette, une bouche assez large et les oreilles longues. Son air doux, passif et résigné relevait peu ces traits prin-
5 cipaux de sa physionomie pleine de santé, mais sans action. Il ne devait être tourmenté ni par cette abondance de sang, ni par cette violence de pensée, ni par cette verve comique à laquelle se reconnaissent les grands artistes. Ce jeune homme, né pour être un vertueux bourgeois, venu de son pays pour être commis chez un mar-
10 chand de couleurs, originaire de Mayenne et parent éloigné des d'Orgemont, s'institua peintre par le fait de l'entêtement qui constitue le caractère breton. Ce qu'il souffrit, la manière dont il vécut pendant le temps de ses études, Dieu seul le sait. Il souffrit autant que souffrent les grands hommes quand ils sont traqués par
15 la misère et chassés comme des bêtes fauves par la meute des gens médiocres et par la troupe des Vanités altérées de vengeance. Dès qu'il se crut de force à voler de ses propres ailes, Fougères prit un atelier en haut de la rue des Martyrs, où il avait commencé à

piocher[1]. Il fit son début en 1819. Le premier tableau qu'il présenta au jury pour l'Exposition du Louvre représentait une noce de village assez péniblement copiée d'après le tableau de Greuze[2]. On refusa la toile. Quand Fougères apprit la fatale décision, il ne tomba point dans ces fureurs ou dans ces accès d'amour-propre épileptique auxquels s'adonnent les esprits superbes, et qui se terminent quelquefois par des cartels envoyés au directeur ou au secrétaire du musée, par des menaces d'assassinat. Fougères reprit tranquillement sa toile, l'enveloppa de son mouchoir, la rapporta dans son atelier en se jurant à lui-même de devenir un grand peintre. Il plaça sa toile sur son chevalet, et alla chez son ancien maître, un homme d'un immense talent, chez Schinner, artiste doux et patient, et dont le succès avait été complet au dernier Salon ; il le pria de venir critiquer l'œuvre rejetée. Le grand peintre quitta tout et vint. Quand le pauvre Fougères l'eut mis face à face avec l'œuvre, Schinner, au premier coup d'œil, serra la main de Fougères.

« Tu es un brave garçon, tu as un cœur d'or, il ne faut pas te tromper. Écoute ! tu tiens toutes les promesses que tu faisais à l'atelier. Quand on trouve ces choses-là au bout de sa brosse, mon bon Fougères, il vaut mieux laisser ses couleurs chez Brullon[3] et ne pas voler la toile des autres. Rentre de bonne heure, mets un bonnet de coton, couche-toi sur les neuf heures ; va le matin, à dix heures, à quelque bureau où tu demanderas une place et quitte les Arts. »

TEXTE 3 • Henry James, *La Madone du Futur* (1873)

Traduction de F. Rivière, éd. 10/18, 1999

L'endroit suintait la pauvreté. S'il y avait là un trésor, ce ne pouvait être que le tableau posé sur le chevalet – la madone du futur ! Comme le châssis faisait face à la porte, il m'était impossible d'apercevoir la peinture. Enfin, un peu effrayé par l'immobilité de Théobald, je passai derrière lui en lui posant amicalement la main sur l'épaule. Je fus absolument abasourdi par ce que je vis alors : une toile complètement nue, dont l'enduit avait été jauni et

1. *Piocher* : familièrement, travailler péniblement. \ 2. Allusion au tableau *L'Accordée de village* (1761) de Jean-Baptiste Greuze, exposé au Louvre. \ 3. Brullon était un marchand de couleurs à Paris.

fendillé par le temps ! C'était là l'œuvre qui devait rendre son nom immortel ! Bien que je ne fusse au fond qu'à demi surpris, je dois avouer que je me sentis très ému. Pendant plusieurs minutes, je n'eus pas le courage de prononcer une parole. À la longue, mon voisinage silencieux parut tirer mon hôte de sa torpeur ; il tressaillit, se retourna, puis se leva et me regarda avec des yeux qui retrouvèrent lentement leur éclat de jadis. Je murmurai quelques phrases bienveillantes à propos de sa santé, qui exigeait des soins et sur laquelle mon amitié me donnait le droit de veiller. Au lieu de m'écouter, il semblait absorbé par l'effort qu'il faisait pour se rappeler ce qui s'était passé entre nous.

– Vous avez raison, dit-il après un moment de silence et avec un sourire triste à voir, j'ai lambiné ! J'ai gaspillé ma force. Je ne suis plus bon à rien. Vous m'avez ouvert les yeux, et, bien que la vérité soit amère, je ne vous en veux pas. *Amen !* Depuis l'autre soir, je suis resté face à face avec la vérité, avec le passé, ma misère et ma nullité. C'est bien fini, je ne toucherai plus jamais à un pinceau ! Je ne me rappelle pas si j'ai dormi ou mangé. Regardez cette toile ! Cela promet, n'est-ce pas ? Pourtant, il y a là plus d'un chef-d'œuvre, poursuivit-il en se frappant le front avec force. Si je pouvais faire passer mes visions dans quelque cerveau doué d'une force pratique ! J'ai fait mon inventaire et je suis arrivé à me convaincre que j'ai en moi le matériau de vingt chefs-d'œuvre ; mais ma main est paralysée, et jamais personne ne les peindra ! J'ai attendu, ne me trouvant pas encore digne de commencer, si bien qu'à force de me préparer au travail, j'ai dilapidé toute ma vigueur. Tandis que je rêvais à mes créations, celles-ci s'évanouissaient. Je me suis trop défié de moi-même. Michel-Ange a eu plus d'une audace quand il s'est mis à l'œuvre dans la chapelle de San Lorenzo. Il a essayé de son mieux, à tout hasard, et son premier essai demeure immortel ! Voilà le mien – et il désigna la toile vierge avec un geste désespéré.

TEXTE 4 • Émile Zola, *L'Œuvre* (1886)

Après quelques semaines d'heureux travail, tout s'était gâté, il ne pouvait se sortir de sa grande figure de femme. C'était pourquoi

il tuait son modèle de fatigue, s'acharnant pendant des journées, puis lâchant tout pour un mois. À dix reprises, la figure fut
5 commencée, abandonnée, refaite complètement. Une année, deux années s'écoulèrent, sans que le tableau aboutît, presque terminé parfois, et le lendemain gratté, entièrement à reprendre.

Ah ! cet effort de création dans l'œuvre d'art, cet effort de sang et de larmes dont il agonisait, pour créer de la chair, souffler de la
10 vie ! Toujours en bataille avec le réel, et toujours vaincu, la lutte contre l'Ange ! Il se brisait à cette besogne impossible de faire tenir toute la nature sur une toile, épuisé à la longue dans les perpétuelles douleurs qui tendaient ses muscles, sans qu'il pût jamais accoucher de son génie. Ce dont les autres se satisfaisaient, l'à-peu-
15 près du rendu, les tricheries nécessaires, le tracassaient de remords, l'indignaient comme une faiblesse lâche ; et il recommençait, et il gâtait le bien pour le mieux, trouvant que ça ne « parlait » pas, mécontent de ses bonnes femmes, ainsi que le disaient plaisamment ses camarades, tant qu'elles ne descendaient pas coucher avec
20 lui. Que lui manquait-il donc pour les créer vivantes ? Un rien sans doute. Il était un peu en deçà, un peu au-delà peut-être. Un jour, le mot de génie incomplet, entendu derrière son dos, l'avait flatté et épouvanté. Oui, ce devait être cela, le saut trop court ou trop long, le déséquilibrement des nerfs, dont il souffrait, le détra-
25 quement héréditaire qui, pour quelques grammes de substance en plus ou en moins, au lieu de faire un grand homme, allait faire un fou.

L'ŒUVRE DANS UN GENRE

À quel genre appartiennent les deux récits de Balzac ?

Le Chef-d'œuvre inconnu paraît en 1831 sous le titre provisoire de *Conte fantastique* et s'inscrit par la suite dans les *Études philosophiques*. *Sarrasine* est un « conte », publié dans les *Romans et contes philosophiques*, puis dans les *Scènes de la vie privée*, parmi de nombreuses nouvelles.

Conte, nouvelle, roman, étude, scène : ces œuvres témoignent donc d'une identité incertaine. Si le conte, la nouvelle et le roman sont des genres littéraires reconnus, ou en cours de légitimation au XIXe siècle, l'étude appartient au domaine de la peinture et la scène à celui du théâtre.

Quelle « macédoine » littéraire compose alors Balzac, pour reprendre le terme qu'emploie le narrateur au début de *Sarrasine*, à partir d'une tradition qu'il cherche à renouveler ?

CONTES OU NOUVELLES ?

DES GENRES EN ÉVOLUTION

Sarrasine et *Le Chef-d'œuvre inconnu* sont de courts récits qui recherchent l'effet : une forme que le XIXe siècle désigne souvent indifféremment sous le nom de conte ou de nouvelle. Les deux genres étaient pourtant différents à l'origine.

Le conte

On peut envisager le conte à partir de quatre caractéristiques.
– Le conte est une forme littéraire très ancienne, primitivement orale, qui relève jusqu'au XVIIe siècle d'une culture populaire.
– On peut le définir comme une forme close : sous de multiples variantes (conte merveilleux, philosophique, fantastique), il présente une structure élémentaire constante : il raconte toujours le passage d'un état à

un autre, par une suite logique de séquences (perturbation d'un état initial, transformation, retour à l'ordre...).

– Le conte relate une histoire imaginaire, en rupture avec l'univers ordinaire, sans souci de vraisemblance. À l'inverse du roman, les personnages sont schématisés, réduits à un rôle ou à un trait symbolique. Ils évoluent dans un temps archaïque (que signale la formule « il était une fois » dans les contes de fées) et cyclique : ainsi le récit rétablit à la fin un équilibre initial un moment menacé.

– Le conte cherche à divertir et à instruire, délivrant un sens philosophique, moral ou social. Ce genre, tenu jusque-là pour mineur, entre vraiment en littérature au XVIIe siècle, avec Charles Perrault et La Fontaine notamment. Il croise alors la nouvelle, autre récit bref, dont il va peu à peu se rapprocher.

La nouvelle

La nouvelle apparaît plus tardivement, au XVe siècle. Elle se définit d'abord, selon son étymologie, par son actualité mais aussi par son authenticité, que garantissent par exemple des références à des lieux, événements ou personnages célèbres. Elle se distingue en cela du conte marqué par la fantaisie et la clôture, alors que la nouvelle ménage une certaine ouverture. L'histoire contée par un des personnages y devient en effet objet de débat, soumise aux interrogations, commentaires des autres personnages.

On retrouve ces caractéristiques dans les nouvelles françaises de la Renaissance. Marguerite de Navarre[1] compose au milieu du XVIe siècle l'*Heptameron*, qui consacre le genre en France. À l'époque de Balzac, le genre évolue et se redéfinit. La nouvelle se présente toujours comme une histoire vraie, mais surtout étonnante, voire inquiétante. Goethe formule ainsi en 1827 dans ses *Entretiens avec Eckermann* cette double exigence : « la nouvelle est [...] un événement inouï et qui a eu lieu. » D'où le choix d'un sujet restreint, d'une narration stylisée et d'un art étudié de la chute[2].

1. Marguerite de Navarre (1492-1549), sœur de François Ier. L'*Heptameron* est publié en 1559, après sa mort. \ 2. *Chute :* conclusion frappante, parfois inattendue, d'un texte en prose.

L'ESTHÉTIQUE BALZACIENNE DU RÉCIT BREF

La vogue que connaissent ces deux genres tout au long du XIXe siècle s'explique aisément par l'essor de la presse. Journaux et revues réclament des textes courts et frappants. Balzac, comme Mérimée, Nerval ou Maupassant, se conforme à ces demandes par des contes et des nouvelles, et la frontière entre ces deux formes devient de plus en plus floue. Au début de *Sarrasine*, Balzac semble céder à la séduction du conte merveilleux, et plus précisément du conte oriental, que la traduction des *Mille et Une Nuits*, par Galland, au XVIIIe siècle, avait mis à la mode. Ainsi la beauté de Marianina réalise « les fabuleuses conceptions des poètes orientaux » (l. 73). Elle est comparée à « la fille du sultan dans le conte *La Lampe merveilleuse* » (l. 74). Le vieillard, lui, apparaît « au milieu des salons comme ces fées d'autrefois qui descendaient de leurs dragons volants pour venir troubler les solennités » (l. 210-211). Cependant, il ne s'agit plus pour Balzac de se conformer au code du merveilleux, mais d'inventer une féerie adaptée à son époque. Ainsi, tout en se fixant pour but l'observation du réel, il proclame son intention d'écrire « les Mille et Une Nuits de l'Occident [1] ». Comment donner à voir le réel sous l'angle de l'insolite ?

Dans un texte intitulé « Théorie du conte [2] », un double de l'écrivain lui adresse ces conseils : « Mon cher, ne fais plus de contes ; le conte est fourbu, rendu, a le sabot fendu comme ceux de ton cheval. Si tu veux te rendre original, casse-lui les reins. » Rejeter les conventions d'une forme usée pour la renouveler, exploiter les ressources propres de la narration courte, telles sont donc les ambitions de l'écrivain en 1830 en quête d'efficacité et de vérité. Et c'est paradoxalement dans le fantastique qu'il va alors les trouver.

DU CONTE FANTASTIQUE À LA NOUVELLE D'ART

Le fantastique peut se définir comme l'intrusion d'un événement, en apparence surnaturel, au sein de la vie quotidienne et qui provoque l'hésitation : le personnage du récit, et par identification le lecteur, hésite entre une explication rationnelle (ce n'était qu'une illusion, un rêve) et

---

1. Lettre à Madame Hanska de 1834. \ **2.** « Théorie du conte », *Œuvres diverses*, Bibliothèque de la Pléiade, tome I. \ **3.** Tzvetan Todorov, *Introduction à la littérature fantastique*, Seuil, 1970.

irrationnelle (l'événement a réellement eu lieu) de ce phénomène mystérieux ; « le fantastique occupe le temps de cette incertitude », écrit T. Todorov[1].

En 1830, le fantastique est l'un des domaines de prédilection du romantisme et trouve une forme privilégiée dans les récits courts, qui maintiennent plus facilement cette hésitation. Les influences étrangères le modèlent peu à peu : influence allemande, d'abord, avec Hoffmann, traduit à partir de 1829 ; puis russe et américaine, notamment avec E. Poe dans la seconde moitié du siècle.

La tradition du fantastique

Le Chef-d'œuvre inconnu et *Sarrasine* s'ouvrent sur l'évocation d'un cadre réaliste (l'atelier du peintre Porbus en 1612, un salon parisien en 1830), où survient un événement inexplicable : l'apparition d'un mystérieux vieillard. Dans cette figure, Poussin perçoit « quelque chose de diabolique » (l. 50) sous une « couleur fantastique » (l. 68). Et c'est « une créature bizarre » (l. 220) qui aux yeux des Parisiens surgit au milieu du bal chez les Lanty. Tout concourt à entretenir un mystère, et donc l'hésitation du lecteur, autour de ces deux personnages. Est-ce l'imagination du peintre Poussin qui transfigure ainsi le vieil artiste ? Est-ce le goût pour l'affabulation, « l'exagération naturelle aux gens de la haute société » (l. 158) qui alimente des légendes sur le vieillard de l'hôtel Lanty ? La narration laisse le lecteur indécis. Frenhofer comme Zambinella ne seront nommés et identifiés que bien plus tard.

En 1830, une épigraphe significative, sans doute de Balzac lui-même, précédait le premier chapitre de *Sarrasine* : « Croyez-vous que l'Allemagne ait seule le privilège d'être absurde et fantastique ? » ; il invoquait ainsi le modèle d'Hoffmann, mais pour s'en démarquer. Et on perçoit très vite dans *Sarrasine* l'ironie du narrateur à l'égard des « gens amis du fantastique » (l. 163) qui inventent, à propos du vieillard, « les contes les plus ridicules » (l. 160) à partir d'un « attirail » désuet : « un vampire, une goule, un homme artificiel » (l. 161-162). L'accumulation ici tourne en dérision ces procédés faciles d'un fantastique noir, jugé dépassé. Car pour Balzac, le mystère est maintenant au cœur de la vie moderne.

1. Tzvetan Todorov, *Introduction à la littérature fantastique*, Le Seuil, 1970.

Le fantastique et la société

Le fantastique lui permet alors de suggérer certains aspects extraordinaires du réel, certaines bizarreries sociales et puissances cachées de la société, comme le pouvoir de l'argent. Zambinella est comparé à un fantôme apparaissant au milieu des vivants, thème traditionnel de la littérature fantastique. Mais le fantastique en soi n'intéresse pas Balzac. Si Zambinella est un « fantôme » en 1830, c'est parce que socialement et politiquement il incarne une époque révolue, celle des privilèges, du pouvoir occulte du clergé, d'un mécénat tout-puissant. Il est la preuve vivante de la corruption de la famille Lanty, qui a bâti sa fortune sur la prostitution du chanteur auprès de riches « protecteurs ».

Le fantastique et l'art

La création artistique elle-même est un mystère ; Balzac le suggère en faisant de l'artiste un personnage fantastique. Sarrasine est saisi par « une puissance presque diabolique » (l. 705) ; Frenhofer retouche le tableau de Porbus avec une telle passion que Poussin hésite : il croit voir « dans le corps de ce bizarre personnage un démon qui agissait par ses mains en les prenant fantastiquement contre le gré de l'homme » (l. 319-321).

Le fantastique et l'art sont donc doublement liés. Si le fantastique permet à Balzac de suggérer les mystères de l'art, l'art à son tour permet de rendre manifeste le fantastique de la réalité.

LES FORMES DE LA NARRATION DANS LES DEUX RÉCITS

Balzac conçoit donc une nouvelle forme de récit bref, marquée par l'intensité et l'ambiguïté ; d'où le choix d'une structure dramatique, la mise en œuvre d'une stratégie du secret et d'un véritable langage des mythes. Cette nouvelle forme appelle également un art spécifique de la description et du portrait.

UNE STRUCTURE DRAMATIQUE

Concentration temporelle et spatiale

Les œuvres témoignent d'une grande concentration temporelle : le premier chapitre du *Chef-d'œuvre inconnu* se déroule en une seule journée, le second en deux jours et une ellipse de trois mois sépare ces deux chapitres. Le cas de *Sarrasine* est plus complexe car le texte joue de deux temporalités différentes. Le premier récit se concentre sur deux soirées : celle du bal à l'hôtel Lanty puis, le lendemain, chez Mme de Rochefide. Mais un second récit vient s'y inscrire, selon la technique du récit encadré. Le narrateur entreprend le deuxième soir de raconter à la jeune femme, pour la séduire, l'aventure du sculpteur Sarrasine. S'ouvre alors une analepse, vaste retour en arrière qui relate plusieurs années de la vie de l'artiste.

Le système des lieux répond aux mêmes exigences dramatiques. On observe un resserrement spatial dans *Le Chef-d'œuvre inconnu* autour de quelques décors : les ateliers parisiens de Porbus, de Poussin et de Frenhofer. Le premier volet de *Sarrasine* se concentre également dans quelques lieux clos : l'hôtel particulier de la famille Lanty puis le salon de Mme de Rochefide, selon un parcours qui va de l'espace social au lieu de l'intimité ; le second volet, en revanche, élargit l'espace : de la province à Paris, de Paris à Rome.

Dans les deux nouvelles, l'espace est théâtralisé. Ainsi Frenhofer signale son entrée en scène en frappant les « trois coups à la porte » (l. 72) de l'atelier de Porbus. Le narrateur de *Sarrasine*, « caché sous les plis onduleux d'un rideau de moire » (l. 5), devient le spectateur d'une « Scène de la vie parisienne ». Et Sarrasine lui-même tombe amoureux de Zambinella dans un théâtre italien.

L'importance des dialogues et des discours

Enfin, dans ces deux œuvres, on peut souligner la prépondérance des dialogues et des discours. Dans *Le Chef-d'œuvre inconnu*, l'accent est mis sur les exposés théoriques et les conseils techniques de Frenhofer. Le discours sur l'art occupe ainsi la moitié du texte dans la version de 1837. Le récit proprement dit est concentré au début (l'arrivée de Poussin chez Porbus, l'apparition étrange du vieux peintre) et à la fin de la nouvelle (l'évocation rapide de la mort de Frenhofer). *Sarrasine* adopte une répartition inverse : ce sont les discours (« rumeurs » parisiennes rapportées avec une distance ironique par le narrateur et dialogue avec Mme de Rochefide) qui encadrent le récit lui-même, même si celui-ci comporte également plusieurs scènes dialoguées, notamment lors de l'évocation du séjour romain de Sarrasine. La mise en scène de l'histoire-cadre est aussi développée et soignée que la narration de l'histoire encadrée. Le texte ne nous laisse d'ailleurs pas oublier, dans sa seconde partie, cette parole première, à mi-chemin du conte et du théâtre : c'est « devant un bon feu » (l. 517), lors d'une veillée, que le narrateur entreprend de « raconter l'histoire » de la passion de Sarrasine à son interlocutrice. Soucieux de lui plaire, il ménage des effets théâtraux, qu'il regrette de voir parfois gâchés par les interruptions intempestives de la jeune femme : « Vous ne voyez que lui, m'écriai-je impatienté comme un auteur auquel on fait manquer l'effet d'un coup de théâtre » (l. 780-781).

La recherche balzacienne de l'intensité et de l'ambiguïté est également visible par une véritable stratégie du secret.

UNE STRATÉGIE DU SECRET

Dans les deux œuvres, un secret guide la narration. Il crée un sentiment d'attente et un effet de surprise final. Quelle est la nature de ce secret ? par quels procédés, rhétoriques et narratifs, est-il mis en place ?

Les secrets des noms et des corps

Sarrasine et *Le chef-d'œuvre inconnu* entretiennent un mystère autour des noms et des corps. Ainsi les noms de Poussin, de Frenhofer et de Zambinella ne sont que tardivement révélés. Le corps du castrat garde longtemps son mystère, sous l'apparence du mystérieux vieillard fardé, puis sous « les voiles, les jupes, les corsets » de la « prima donna » (l. 756), enfin derrière l'habillement masculin et « l'épée de côté » (l. 1119) du chanteur. Mais s'il dissimule habilement le corps vivant du modèle, le texte dérobe également le corps même de l'œuvre, le corps peint. Devant le tableau d'*Adonis*, Mme de Rochefide s'interroge : « Mais qui est-ce ? » (l. 443). Et le corps de Catherine Lescault nous est doublement caché : par le texte d'abord, qui annonce sans cesse « cette œuvre tenue si longtemps secrète » (l. 471), mais retarde son dévoilement jusqu'au dénouement. Et par les couches de peinture ensuite, qui recouvrent presque entièrement la figure féminine, ne laissant apparaître qu'« un pied délicieux ». « Il y a une femme là-dessous » (l. 887), peuvent seulement deviner Porbus et le lecteur.

Effets d'annonce, réticences et désignations équivoques

Les deux œuvres multiplient les emplois des termes « secret », « mystère », « énigme » qui suscitent la curiosité, en désignant un manque informatif. Le recours au futur produit le même effet d'annonce, en retardant l'explication ou la nomination : « Je vous révélerai ce mystère » (l. 500), déclare le narrateur de *Sarrasine*, sans passer à l'acte... La réticence est une figure de rhétorique par laquelle on interrompt sa phrase, sans achever sa pensée. Elle peut traduire une émotion, une hésitation, ou même un refus de dire, par bienséance par exemple. Ainsi le narrateur de *Sarrasine*, interrogé sur l'identité du modèle du portrait peint par Vien, répond : « Je crois [...] que cet Adonis représente un... un... un parent de Mme de Lanty » (l. 446-447). Il évite ainsi le terme « castrat », qui ne sera d'ailleurs jamais prononcé dans la nouvelle. La réticence peut être proprement un silence. Lorsque Poussin s'approche de Porbus pour lui demander le nom du vieil artiste, « le peintre se mit un doigt sur les lèvres » (l. 377-378).

Enfin, outre ces effets d'annonce et ces réticences qui maintiennent la curiosité du lecteur, le récit joue de désignations équivoques. Ce procédé est surtout visible dans *Sarrasine* : pour éviter de se prononcer sur l'identité sexuelle du vieillard, qu'il connaît pourtant, le narrateur recourt à des termes neutres comme « personnage », « créature », « être » qui ne portent la marque ni du masculin ni du féminin. Il révèle pourtant là, paradoxalement, la vérité : neutre, Zambinella l'est justement devenu.

LE JEU DES VOIX ET DES POINTS DE VUE

Le statut du narrateur

Aborder la question de la voix dans un récit consiste à se demander : qui raconte ?

Le narrateur, qui appartient à l'histoire, au monde de la fiction et n'existe qu'à l'intérieur du texte est à distinguer de l'auteur, personne réelle. On peut symétriquement distinguer le narrataire du lecteur. Alors que le lecteur est un individu réel, le narrataire, à qui est adressée l'histoire à l'intérieur du récit, est une figure construire par le texte et n'a qu'une existence fictive.

Le statut du narrateur dépend de sa relation à l'histoire. Deux cas sont possibles : si le narrateur est présent dans l'histoire, comme personnage principal ou secondaire, on parlera de narrateur *homodiégétique*. S'il reste au contraire extérieur à l'histoire, le narrateur est dit *hétérodiégétique*. Le choix du statut du narrateur, tout comme celui de la focalisation, a des conséquences sur la présentation de l'intrigue, sur la perception des événements et conditionne donc certains effets de lecture.

Les focalisations

L'étude du point de vue, ou focalisation, consiste à répondre à la question : qui perçoit ?

On distingue trois types de focalisation. On parle de focalisation *interne* lorsque le point de vue adopté est celui d'un personnage-témoin. Il y a restriction et sélection des informations : le lecteur, adoptant cette perspective limitée, ce regard singulier, s'identifie ainsi facilement au personnage. On parle de focalisation *externe* lorsque l'histoire est racontée de façon neutre, par un narrateur qui ne peut pénétrer les pensées des personnages et ne saisit que l'aspect extérieur des êtres et des choses. Enfin, lorsque le narrateur a une connaissance totale des événements, du passé et du présent, qu'il est donc omniscient, on parle de focalisation *zéro*.

Voix et points de vue dans les deux récits

Dans *Le Chef-d'œuvre inconnu*, la narration est prise en charge par un narrateur *hétérodiégétique*. La perspective varie : le point de vue omniscient cède parfois la place à la focalisation interne. Le récit adopte alors le regard naïf et passionné du jeune peintre. Nous ne verrons pas Gillette poser pour Frenhofer, car Poussin reste à la porte de l'atelier. Nous ne percevrons qu'indirectement cette scène, par quelques bruits et paroles, puisqu'il garde jalousement « l'oreille presque collée à la porte » (l. 821). Ce choix permet de retarder le dévoilement du tableau de Frenhofer et de maintenir une ambiguïté : nous devrons nous en remettre au regard de Poussin pour juger de la réussite ou de l'échec du vieux peintre. La nouvelle se propose ainsi comme la quête initiatique du « peintre en espérance » qui doit élucider les signes, apprendre à voir pour trouver l'absolu de la peinture.

Dans *Sarrasine*, un même narrateur anonyme prend en charge l'ensemble de la nouvelle, mais son statut change selon le niveau narratif envisagé. Dans le récit cadre, ce narrateur est *homodiégétique*, puisqu'il est l'un des personnages de l'histoire. Tout est vu par son regard ironique en focalisation interne. Cependant ce récit est piégé, car le narrateur en sait plus qu'il ne dit. Après s'être apparemment interrogé sur le mystérieux vieillard, il laisse en effet deviner à Mme de Rochefide, et donc au lecteur, qu'il connaît son identité : « Vous pouvez parler, répondis-je. Il entend très difficilement. – Vous le connaissez donc ? – Oui (l. 309-310). Dans le second volet de l'œuvre, le récit encadré, ce narrateur devient *hétérodiégétique* puisqu'il raconte une aventure qui a eu lieu avant sa naissance. On ne saura jamais vraiment comment il a appris cette histoire qu'ignorent tous les invités du bal, sauf par un bref commentaire, ajouté in extremis à la dernière page : « cette histoire, assez connue en Italie » (l. 1252) ; et l'on peut s'étonner qu'il choisisse, pour séduire son interlocutrice, une histoire... de castrat. Ce narrateur finalement omniscient, qui observe la comédie humaine cachée derrière son rideau, qui piège son récit, ressemble fort à Balzac lui-même, qui cherche à séduire par des contes frappants et « dangereux ». Mme de Rochefide, la narrataire, pose les questions que tout lecteur peut se poser, notamment sur le rapport entre les deux volets de l'histoire.

Mais ce que les textes, par ces réticences et désignations équivoques, par ce choix des voix et des points de vue, prétendent cacher n'est peut-être, au fond, qu'un manque : l'absence d'œuvre ou l'absence d'identité sexuelle. Zambinella est une « créature sans nom dans le langage humain » (l. 313). C'est donc à un autre langage, détourné, qu'il faut recourir : celui des mythes.

LE LANGAGE DES MYTHES

Les deux nouvelles de Balzac semblent opérer une sacralisation de l'art et de l'artiste dans un contexte historique qui, lui, est largement désacralisé. Elles actualisent des mythes antiques, des images bibliques et une figure mythique moderne, celle de Faust. Ces mythes sont présents dans le discours du narrateur de *Sarrasine* ou dans le discours de Frenhofer pour évoquer la quête artistique. Mais ils sont également introduits par les tableaux, réels ou fictifs, qu'évoquent les textes.

Les mythes antiques

Les mythes de Protée et de Pygmalion sont liés à la démarche créatrice dans les deux œuvres. Ils illustrent le combat du peintre et du sculpteur avec la matière et les formes. Protée, le dieu marin, possède le don de prophétie mais ne parle que sous la contrainte. Et pour échapper à ceux qui l'interrogent, il change sans cesse d'apparence. Pygmalion, le sculpteur de Chypre, tombe amoureux de sa statue, Galatée. Il implore Aphrodite de lui donner la vie, d'en faire une femme de chair. Ainsi ces deux figures mythiques montrent que la quête artistique n'est plus seulement esthétique : l'art devient une voie d'accès à la vérité, avec Protée (mais une vérité qui se dérobe sous des apparences multiples et changeantes) et une recherche de la vie, avec Pygmalion.

Orphée et Prométhée illustrent l'ambition surhumaine de la quête des artistes. Prométhée dérobe le feu aux dieux pour l'apporter aux hommes, Orphée brave les frontières de la mort pour ramener sa femme Eurydice des Enfers. Frenhofer s'identifie à ces deux figures dans *Le Chef-d'œuvre inconnu*. Comme Prométhée, il veut dérober « la flamme céleste » (l. 144), le secret de la vie pour le conférer à l'œuvre. Et comme Orphée il veut descendre « dans l'enfer de l'art pour en ramener la vie » (l. 497).

Enfin, dans *Sarrasine*, apparaissent les figures peintes d'Adonis et d'Endymion, célèbres pour leur beauté. Adonis, jeune homme aimé d'Aphrodite, est ressuscité par Zeus sur les prières de la déesse. Séléné (la lune) obtient de Zeus qu'Endymion, son amant, soit plongé dans un sommeil sans fin pour pouvoir le contempler éternellement. Dans le mythe déjà, Endymion remplit le rôle dévolu à l'œuvre d'art, offerte à la contemplation. Ces deux personnages incarnent le désir amoureux dans son ambivalence : associé à la vie pour Adonis, à la mort pour Endymion ; ils sont traditionnellement représentés par une figure à la grâce efféminée. Le tableau attribué à Vien dans la nouvelle annonce donc toute l'ambiguïté des rapports de Sarrasine et Zambinella.

Tous ces mythes antiques suggèrent le désir d'abolir les limites entre l'art et la vie, entre l'humain et le divin et entre la vie et la mort.

Un mythe moderne : Faust

Le mythe de Faust, qui aurait vendu son âme au diable en échange d'un savoir sans limites, est largement illustré à l'époque romantique, que ce soit au théâtre (Nerval traduit en 1827 le *Faust* de Goethe), en peinture (avec les lithographies de Delacroix, entre 1825 et 1828) ou à l'opéra, avec *La Damnation de Faust* de Berlioz, par exemple. Jusque-là incarnation de la transgression, cette figure sous sa forme romantique gagne en complexité et devient un modèle positif.

Le mythe faustien est sans cesse implicite dans *Le Chef-d'œuvre inconnu*, comme il le sera dans *La Peau de chagrin*. Frenhofer conçoit l'art comme une connaissance mystérieuse et diabolique. Dans *Sarrasine*, la référence mythique, explicite, sert au contraire à tourner en dérision l'imagination fantastique : le vieillard est ironiquement désigné comme « une espèce de Faust » (l. 162) par les Parisiens.

Le réalisme de Balzac est souvent assorti d'un adjectif : « visionnaire » ou « mythologique ». Le mythe, figure du désir, de l'interdit ou de l'impossible dans les deux nouvelles, répond ici à un triple projet. Il possède une valeur poétique certaine, en accord avec le ton du conte. Il permet également, par son symbolisme, d'accéder à une signification et apporte un éclairage spécifique au récit. Enfin ce recours au mythe renvoie de façon masquée à une réalité décevante : le mythe de l'ambition destructrice suggère l'impossibilité de développer son énergie dans une société figée, celle d'après 1830.

LA DESCRIPTION

S'intéresser à la description dans *Sarrasine* et *Le Chef-d'œuvre inconnu* conduit à s'interroger sur la représentation des lieux, mais aussi des œuvres d'art et surtout des visages et des corps dans deux récits qui leur donnent toute leur importance. Balzac s'y montre en effet soucieux de détails physiques et de variété. L'écrivain semble rompre là avec une double tradition : celle du conte, genre dont se réclamaient ces œuvres en 1831, où les descriptions restent schématiques ; celle du roman du XVIIIe et du début du XIXe siècles, où le portrait, peu inventif, disparaît souvent sous des stéréotypes. Balzac témoigne donc d'un art spécifique de la description et du portrait, en accord avec son « ambition immodérée de tout voir, de tout faire voir[1] ».

Dès lors, plusieurs questions se posent : comment la description s'insère-t-elle dans les deux récits, comment s'organise-t-elle, quels sont ses enjeux et ses effets ?

Dans *Sarrasine* et *Le Chef-d'œuvre inconnu*, la description semble remplir quatre fonctions principales : ornementale, documentaire, symbolique et narrative, qui se conjuguent parfois.

Fonction ornementale

La description correspond à une pause dans le récit. Sa première valeur est donc purement esthétique. Balzac développe de façon autonome des motifs littéraires et picturaux traditionnels : ainsi la représentation du bal, qui ouvre *Sarrasine*, reprend un thème fréquent de la littérature romantique. La description de l'atelier du peintre Porbus dans *Le Chef-d'œuvre inconnu*, que l'on considère comme l'une des premières du genre dans la littérature romanesque, rappelle une « scène de genre » fréquente dans la peinture de cette époque : on peut penser à *L'Atelier d'Ingres*, peint par J. Alaux en 1818, ou à *L'Intérieur de l'atelier de David*, par M. Cochereau en 1814. Avec les portraits des membres de la famille Lanty, personnages qui ne joueront aucun rôle dans l'histoire, Balzac saisit l'occasion de présenter une « galerie » de portraits sans nécessité narrative, mais pittoresque, purement décorative.

Fonction documentaire

Dans les deux œuvres, la description cherche également à énoncer un savoir sur le monde : rendre compte d'une époque historique, d'une société, diffuser des connaissances artistiques notamment. Ainsi, la description de l'atelier de Porbus est aussi l'occasion de rappeler la technique des « trois crayons » courante au XVIIe siècle. Le portrait de Zambinella âgé, vêtu « à l'ancienne mode » et portant perruque énumère certaines marques sociales distinctives de l'Ancien Régime. Plusieurs motivations peuvent alors justifier ces descriptions détaillées :

1. Baudelaire, « Théophile Gautier », 1859.

– établir des différences, tout d'abord : la mise en question des hiérarchies, après 1789, a en effet entraîné des mélanges sociaux et Balzac a le sentiment d'une uniformisation (vestimentaire, par exemple) ; il cherche donc à distinguer des physionomies sociales au-delà des apparences uniformes ;

– on peut également y lire le désir de l'historien des mœurs de conserver la mémoire du passé, de constituer un témoignage – parfois orienté : Balzac fait alors suivre ses descriptions de formules généralisantes au présent ; ainsi l'évocation du théâtre de l'Argentina en 1758, dans *Sarrasine*, amène le narrateur à distinguer le public italien du public parisien, pour mieux condamner ce dernier ; la description ne délivre pas ici une information neutre, elle manifeste un jugement de valeur ;

– enfin, par son caractère documentaire, la description peut aussi donner l'illusion de la réalité ; pour faire croire à la fiction, l'écrivain s'appuie sur des détails vérifiables ou vraisemblables dans l'évocation des personnages, des lieux et des objets.

Fonction symbolique

Les lieux, les personnages, les œuvres d'art sont aussi des signes à interpréter. Le narrateur de *Sarrasine,* par une comparaison, nous incite ainsi à « lire » le visage de Zambinella, où les ans ont « imprimé » une multitude de rides « profondes et aussi pressées que les feuillets dans la tranche d'un livre » (l. 351-352).

Déchiffrer les physionomies, c'est justement ce que propose la **physiognomonie** qui va influencer Balzac. Cette discipline, à la mode au XIXe siècle, alors théorisée par J. K. Lavater[1] (mais dont les sources remontent à l'Antiquité), est fondée sur l'observation du corps. Par le déchiffrement de son apparence (habillement, démarche, visage, voix), elle cherche à connaître l'homme, son caractère, ses mœurs. Elle témoigne d'une volonté de trouver une unité au-delà de la dualité humaine, physique et morale. Ainsi le portrait physique de Frenhofer permet de deviner une contradiction : le front « bombé, proéminent », le visage « flétri [...] par ces pensées » (l. 52

1. J. K. Lavater (1741-1801) est un écrivain et théologien suisse d'expression allemande ; son ouvrage *L'Art de connaître les hommes par la physionomie* est traduit et édité en France en 1820, orné de nombreuses gravures explicatives.

et 61) révèlent son génie, sa puissance de conception. Mais le corps « fluet et débile » (l. 64) annonce l'incapacité à réaliser ces conceptions.

La description du lieu peut également remplir cette fonction symbolique. Il n'est pas seulement un fond sur lequel se détache le personnage, dans les nouvelles, mais modelé à son image ; c'est un parti pris que le peintre Delacroix admirait dans les tableaux de Poussin : « le fond et les figures ne font qu'un. » Ainsi le seuil sur lequel hésite Poussin au début du *Chef-d'œuvre inconnu*, et qu'il finit par franchir, renvoie à son désir d'initiation. Le narrateur de *Sarrasine* est également l'homme du seuil, entre le jardin et la salle de bal, et l'embrasure où il se tient, caché derrière un rideau, symbolise sa position d'observateur (de voyeur ?).

Dans deux récits qui pratiquent justement une stratégie du secret, les descriptions multiplient ces exercices de déchiffrement.

Fonction narrative

Balzac confère à la description une quatrième fonction. Elle dépend alors étroitement de la narration, joue un rôle dans l'intrigue en expliquant les personnages et en préparant la suite de l'histoire.

Dans les deux nouvelles, c'est la description des tableaux qui joue surtout ce rôle d'annonce : ainsi la description de l'atelier de Porbus, par le regard de Poussin, introduit une première toile dans le récit « qui n'était encore touchée que de trois ou quatre traits blancs » (l. 82-83). La toile finale sera tout aussi inachevée, mais par un trop-plein de peinture. Le tableau *Marie égyptienne*, lui, introduit le thème de l'échange, de la prostitution, qu'on retrouve avec le marché conclu entre Poussin et Frenhofer, dont Gillette est l'enjeu. Enfin, le portrait d'*Adonis* attribué à Vien et que la marquise de Rochefide ne parvient pas à déchiffrer annonce l'apparence indéchiffrable et la nature ambiguë de Zambinella.

Pratique littéraire et pratique picturale : les « tableaux en littérature »

Comment le récit peut-il représenter la peinture et faire de la littérature une peinture ? C'est souvent en peintre que Balzac évoque les lieux et les personnages. Le narrateur de *Sarrasine*, après avoir décrit le jardin puis la salle de réception, désigne ainsi sa position médiane : « Moi, sur la frontière de ces deux tableaux » (l. 34) ; Zambinella apparaît plus loin comme « une peinture très bien exécutée » (l. 357-358). Et Frenhofer est comparé à « une toile de Rembrandt marchant silencieusement et sans cadre » (l. 69-70).

Le développement des lithographies, le succès des Salons, comme événement et genre littéraire, contribuent à vulgariser les connaissances picturales vers 1830, ce qui peut expliquer la multiplication des références à la peinture chez Balzac. Cette pratique relève de l'*ekphrasis*, au sens étroit de description d'œuvre d'art. Mais le tableau constitue ici le sujet même du texte, et parfois son pré-texte : le tableau de Vien dans *Sarrasine* est l'origine et la justification du récit encadré (l'aventure romaine de Sarrasine et de Zambinella) puisque le narrateur s'est engagé à révéler l'identité du modèle à Madame de Rochefide.

Balzac propose donc des « tableaux en littérature » (selon une expression de la première version du *Chef-d'œuvre inconnu*) auxquels on peut assigner plusieurs fonctions :
– le discours sur la peinture lui permet d'exprimer une réflexion esthétique[1] ;
– par le recours au vocabulaire spécialisé de la peinture, le narrateur, qui se pose alors en connaisseur, cherche à produire un effet de réel, de « couleur locale » (expression justement empruntée à la peinture et qui constitue un mot d'ordre pour les écrivains romantiques) ;
– l'emploi de comparaisons avec des tableaux célèbres cherche à fixer la description des visages et des lieux dans l'esprit du lecteur ;
– enfin la description balzacienne se constitue elle-même comme un tableau.

GROUPEMENT DE TEXTES : LES MARQUES DU GENRE NARRATIF

TEXTE 5 • *Le Chef-d'œuvre inconnu*

Vers la fin de l'année [...] un doute peut-être.

> LIGNES 1-39, PAGES 7-9

Un incipit

L'incipit d'un récit remplit précisément trois fonctions.

1. *Cf.* « Vers l'épreuve », pp. 142-147.

Une fonction informative, d'abord. Il doit permettre de répondre aux questions : où ? quand ? qui ? quoi ? donc fournir des renseignements sur le lieu, l'époque, les personnages, l'action en cours.
Une fonction séductrice, ensuite. Il a pour but d'intéresser, d'éveiller la curiosité du lecteur en campant une atmosphère, en annonçant une thématique, en créant un effet de mystère.
Enfin, il doit proposer une certaine façon de lire, en informant le lecteur sur le genre narratif auquel il a affaire. Il s'agit donc de nouer un pacte de lecture.

1. Quelles informations cet incipit fournit-il ? En quoi propose-t-il ainsi, apparemment, la perspective d'un roman historique, par la recherche d'effets de réel et d'un certain pittoresque ?

2. Qui voit et qui raconte ? Montrez comment, par le jeu des focalisations, le texte cherche d'abord à susciter la curiosité du lecteur ; puis étudiez l'effet du passage du récit au discours.

3. Comment cet incipit, par le jeu des images, met-il en place deux thèmes fondamentaux de l'œuvre, l'art et l'amour ?

TEXTE 6 • *Le Chef-d'œuvre inconnu*

Un vieillard vint à monter […] ce grand peintre.

> LIGNES 43-71, PAGES 9-10

Un portrait

1. Comment la description du personnage s'organise-t-elle ?

2. Étudiez les variations du point de vue : par quels regards le personnage est-il vu et « déchiffré » ? Comment le portrait de l'observé renseigne-t-il alors sur l'observateur en retour ?

3. En quoi ce portrait relève-t-il du fantastique ?

TEXTE 7 • *Sarrasine*

Nous restâmes pendant un moment […] de Mme de Lanty.

> LIGNES 423-447, PAGES 59-60

Un dialogue (entre les personnages et les arts)

1. Par quels procédés le texte cherche-t-il à installer un mystère autour du corps nu (homme, femme, castrat) et de l'œuvre d'art (tableau réel ou surnaturel) ? Étudiez le jeu des regards, le recours au fantastique, l'emploi des connotations, des désignations équivoques et des réticences.

2. Montrez les différentes fonctions (ornementale, symbolique, narrative) de cette description de tableau et le lien entre la description et le discours.

3. À partir de la reproduction du tableau de Girodet, *Le Sommeil d'Endymion* (voir p. 152), interrogez-vous sur la recherche de transpositions et d'échos entre la toile peinte et le texte écrit, notamment pour les effets d'ambiguïté et la suggestion d'un certain érotisme.

TEXTE 8 • *Le Chef-d'œuvre inconnu*

Le vieillard absorbé […] brûlé ses toiles.

> LIGNES 927-972, PAGES 40-42

Un dénouement

1. Peut-on dire que tout le texte est construit en fonction de cette chute ?

2. Cet épisode final « dénoue »-t-il véritablement l'intrigue, ou maintient-il certaines incertitudes du sens ? Si oui, lesquelles ? Justifiez votre réponse.

3. Pourquoi Balzac a-t-il ajouté le dernier paragraphe au récit en 1837 ? Qu'apporte-t-il ?

VERS L'ÉPREUVE

ARGUMENTER, COMMENTER, RÉDIGER

L'étude de l'argumentation dans l'œuvre intégrale privilégie deux objets.

■ L'argumentation dans l'œuvre. *Chaque genre littéraire, chaque œuvre intégrale exprime un point de vue sur le monde. Un roman, une pièce de théâtre, un recueil de poésies peuvent défendre des thèses à caractère esthétique, politique, social, philosophique, religieux, etc. Ordonner les épisodes d'une œuvre intégrale, élaborer le système des personnages, recourir à tel ou tel procédé de style, c'est aussi, pour un auteur, se donner les moyens d'imposer un point de vue ou d'en combattre d'autres. Ce premier aspect est étudié dans une présentation synthétique, adaptée à la particularité de l'œuvre étudiée.*

■ L'argumentation sur l'œuvre. *Après publication, les œuvres suscitent des sentiments qui s'expriment dans des lettres, des articles de presse, des ouvrages savants... Chaque réaction exprime donc un point de vue sur l'œuvre, loue ses qualités, blâme ses défauts ou ses excès, éclaire ses enjeux. Une série d'exercices permet d'analyser des réactions publiées à différentes époques, dans lesquelles les lecteurs de l'œuvre, à leur tour, entendent faire partager leurs enthousiasmes, leurs doutes ou leurs réserves.*

Quelle vision du monde, quelles valeurs une œuvre véhicule-t-elle, et comment se donne-t-elle les moyens de les diffuser ? Quelles réactions a-t-elle suscitées ? Comment les lecteurs successifs ont-ils voulu imposer leurs points de vue ? L'étude de l'argumentation dans l'œuvre et à propos de l'œuvre permet de répondre à cette double série de questions.

L'ARGUMENTATION DANS LES DEUX CONTES

UNE RÉFLEXION SUR L'ART ET L'ARTISTE

L'artiste, qui devient peu à peu une figure mythique au cours de la première moitié du XIXe siècle, est un héros de fiction privilégié pour

Balzac. Objet de représentation et de discours, il offre des virtualités narratives et un support à une réflexion philosophique.

SPLENDEURS ET MISÈRES DE L'ARTISTE

L'élaboration du mythe romantique

Balzac opère une distinction importante entre la figure nouvelle de l'artiste autonome, incarnée par Frenhofer, et celle du peintre académique, qui relève de l'ancien régime du mécénat royal, incarnée par Porbus. En effet, si Frenhofer reste indépendant, Porbus est un peintre de cour qui exécute des commandes. Mais il est déjà un homme du passé, « délaissé pour Rubens » par la reine. Dans cette opposition, le lecteur de 1831 peut donc reconnaître l'expression d'un débat contemporain, transposé en 1612.

Ces deux personnages offrent deux images différentes du peintre et de l'activité artistique : c'est Frenhofer (et son disciple Poussin) qui a droit aux désignations valorisantes d'« artiste », de « génie » et de « poète » (au sens étymologique de « créateur »), tandis que Porbus est un « copiste ». Par là, une hiérarchie se dessine entre l'esthétique classique de l'imitation et la conception romantique de la création. Ces deux pratiques n'exigent pas le même engagement : « Quand tu fais un tableau pour la cour, tu n'y mets pas toute ton âme » (l. 689-690), reproche Frenhofer à Porbus. Lui, au contraire, nourrit sa peinture de « sentiment » et de « passion ». La manière même dont les deux maîtres envisagent de transmettre leur savoir à Poussin est révélatrice : artiste-artisan, Porbus veut enseigner des techniques, un savoir-faire. Frenhofer, lui, ne promet pas au jeune « néophyte » un enseignement (« ce que je te montre là, aucun maître ne pourrait te l'enseigner », l. 307-308) mais une initiation, qui suppose la révélation d'un mystère.

Devenir artiste, c'est en quelque sorte être introduit dans une société secrète. Ainsi s'explique la solitude, sociale et affective, de ces artistes : si Poussin aime une femme, Gillette, et partage sa vie, Frenhofer, au contraire, comme Sarrasine avant son départ pour Rome, reste chastement en retrait du monde. Tous deux vivent leur passion artistique de façon exclusive et exaltée, comme une passion amoureuse ou un élan mystique.

La contestation du mythe romantique

Balzac reprend donc les principales composantes du mythe romantique de l'artiste, dans ses deux récits, pour construire ses personnages de peintres et de sculpteur. Mais il en propose aussi une image nouvelle, plus paradoxale, qui semble mettre en doute cette représentation de l'artiste romantique : Frenhofer rêve d'un art pur et désintéressé, il aimerait que l'œuvre n'ait plus rien d'une marchandise et son art plus rien de commun avec une pratique sociale, mais il est pourtant un spéculateur. Tout au long de la nouvelle, il achète de l'art : il paie le dessin de Poussin en lui offrant deux pièces d'or, il achèterait le tableau de Porbus s'il n'était déjà destiné à Marie de Médicis. Le récit rappelle aussi qu'il a été, autrefois, le protecteur généreux de Mabuse. En échange, ce peintre lui a légué une œuvre, *Adam*. À la fois marchand et créateur, il résume donc une des contradictions de l'artiste. Plus que la nouvelle situation sociale de l'artiste à l'époque romantique, c'est alors sa nature profonde et mystérieuse que l'écrivain entreprend de représenter et d'interroger.

LE DON DE SECONDE VUE

L'art du déchiffrement des signes

Pour Balzac, la création artistique est avant tout affaire de vision. Si la vision commune se réduit souvent à un examen superficiel, certains hommes (des hommes de sciences, comme le médecin ; ou des artistes, comme le peintre et le romancier) sont dotés du don exceptionnel de voir au-delà des apparences. Cette puissante faculté, cette « perfection de la vue intérieure[1] » que Balzac nomme « don de seconde vue » ou « don de spécialité » (du latin *species*, la vue) permet, au-delà des détails extérieurs, de pénétrer l'âme, la pensée d'autrui, d'en saisir les mystères et même de vivre la vie de celui que l'on observe par une identification presque magique.

Si cette faculté abolit ainsi les lois de l'espace, elle transgresse également les frontières du temps puisqu'elle permet de connaître le présent, le passé et l'avenir. En ce sens, les artistes véritables sont des voyants pour Balzac, et aussi des penseurs. Le don de seconde vue s'exerce en effet comme un

1. Expression qui apparaît dans le roman *Louis Lambert* (1833).

déchiffrement : il s'agit bien de lire les signes (les signes du corps, notamment) pour apercevoir la profondeur sous la surface, pour analyser le caché sous le visible et déduire la cause de l'observation des effets.

Pouvoirs et limites du don de seconde vue

Chez Frenhofer et Sarrasine, cette vision créatrice est évoquée comme une sorte de rêve éveillé. Le vieux peintre semble contempler, au-delà de la réalité commune, une beauté qui échappe à ses amis. Son regard se perd « dans une sphère inconnue » (l. 464). À Poussin étonné, Porbus explique : « Le voilà en conversation avec son *esprit* » (l. 459), « il ne nous entend plus, ne nous voit plus ! » (l. 499-500), et il qualifie d'« extase » cette imagination visionnaire. Lors du dévoilement final de son chef-d'œuvre, Frenhofer invite les deux peintres à admirer sur sa toile un corps de femme mais il semble bien le seul à le voir, sous les couches de peinture superposées : aux autres, ce « chef-d'œuvre » reste invisible.

Lorsque le jeune sculpteur Sarrasine entend et voit pour la première fois Zambinella chanter à Rome, il est lui aussi plongé dans « une ravissante extase » (l. 652). Son observation passionnée semble abolir l'espace. « Il n'existait pas de distance entre lui et la Zambinella, il la possédait, ses yeux, attachés sur elle, s'emparaient d'elle » (l. 703-704). De retour chez lui, il entreprend de la dessiner de mémoire et son désir de possession semble se jouer des lois du temps : « Il voyait la Zambinella, lui parlait [...] épuisait mille années de vie [...] en essayant, pour ainsi dire, l'avenir avec elle » (l. 741-744). Le sculpteur réussit à donner corps à cette vision artistique en réalisant une statue admirable, mais il échoue à déchiffrer la véritable identité sexuelle du castrat, au-delà de son apparence féminine. Dans ce récit, le don de seconde vue consacre donc la réussite de l'artiste mais n'empêche pas l'échec de l'homme, de l'amoureux.

UNE RÉFLEXION SUR LA CRÉATION

Conception et exécution

La tragédie de Frenhofer est plus cruelle, car c'est en tant que créateur que le personnage semble échouer ; et ses facultés visionnaires, qui le désignent aux yeux de Poussin comme un « génie » sont, paradoxalement, les causes mêmes de son échec. Il a en effet trop observé, imaginé, étudié au détriment de la réalisation de son œuvre. D'où la mise en garde de Porbus au jeune Poussin contre les dangers d'une pensée non incarnée : « les peintres ne doivent méditer que les brosses à la main » (l. 536-537).

Cette thèse est au cœur de l'esthétique balzacienne et fait l'unité des *Études philosophiques* : les deux phases de la création, conception et exécution, doivent s'équilibrer. Si cet équilibre est rompu, on assiste alors au drame de « la pensée tuant le penseur[1] ». Cette idée est illustrée dans *Le Chef-d'œuvre inconnu* par l'opposition entre deux tableaux : la magistrale reprise de la toile de Porbus et son achèvement par Frenhofer, dans l'exaltation et sans réflexion prolongée, est bien une « méditation les brosses à la main ». *La Belle Noiseuse*, au contraire, en gestation depuis dix ans, semble gâtée par le trop-plein des retouches. Frenhofer reconnaît lui-même : « il n'y a que le dernier coup de pinceau qui compte. [...] Personne ne nous sait gré de ce qui est dessous » (l. 331-333). Dessous ? Une première esquisse sans doute admirable, si l'on en croit le pied merveilleux qui en subsiste, mais que le peintre a peu à peu fait disparaître, pensant la perfectionner. Et Frenhofer ajoute : « le trop de science, de même que l'ignorance, arrive à une négation » (l. 450-451). Il prédit, sans le savoir, ce « rien » auquel ses amis réduiront la toile qu'il s'est épuisé à créer.

La vision est créatrice chez Sarrasine, mais devient une force destructrice chez Frenhofer, qui néglige de l'imprimer dans une forme sensible. Balzac illustre ici l'idée de « l'œuvre et l'exécution tuées par la trop grande abondance du principe créateur[2] ». L'abus de cette faculté de voyance détruit l'homme, car elle le mène à la folie et menace de détruire l'œuvre, puisque la vision originale de l'artiste y reste incommunicable.

L'échec de Frenhofer ?

Contrairement au sculpteur, le vieux peintre paralysé par le doute ne peut réaliser la dernière étape du travail créateur : montrer son tableau. La certitude de l'achèvement n'est jamais acquise. Il éprouve une triple angoisse : le dévoilement signifie pour lui l'abandon d'un objet de jouissance, la perte d'une « maîtresse ». Il s'accompagne également du sentiment douloureux d'une rupture avec soi-même, d'une mutilation, puisque l'artiste s'identifie à son œuvre. Enfin, perpétuellement insatisfait, Frenhofer préfère à l'œuvre

1. Selon l'expression de Félix Davin, dans son introduction aux *Études philosophiques* (1834). \ **2.** Idée qui, selon une lettre à Madame Hanska de 1837, lui a dicté *Le Chef-d'œuvre inconnu*.

close, achevée, soumise à la sanction du public, l'œuvre ouverte, inachevée parce qu'elle offre toujours de nouvelles possibilités et demeure illimitée.

Or Frenhofer refuse justement les limites de l'art et de la vie : il cherche à animer sa femme peinte. Il en arrive ainsi à nier la matérialité de la toile, et l'art lui-même « Où est l'art ? perdu, disparu ! » (l. 849). Le vieux peintre interdit l'accès à son atelier tant que ne s'est pas accomplie cette improbable métamorphose. En gardant son œuvre secrète, Frenhofer protège finalement son illusion : le tableau peut et doit être un équivalent de la vie. Par là, il semble prendre au pied de la lettre ce qui, chez son maître en peinture, Mabuse, n'était qu'une ruse, un trompe-l'œil, pour détourner l'argent de son mécène Charles Quint et s'offrir à boire… (Le surnom de ce peintre suggère d'ailleurs bien sa nature de mystificateur). Rêvant de peindre un tableau qui soit une femme, Frenhofer n'a-t-il pas finalement échoué à réaliser l'un comme l'autre ? Il connaît alors le même destin tragique que d'autres chercheurs d'absolu, le chimiste Balthazar Claës[1] par exemple, et le conte trouve naturellement sa place dans les *Études philosophiques.*

Par la figure paradoxale de Frenhofer, artiste/spéculateur, génie/imposteur, Balzac élabore donc une représentation de l'artiste romantique qu'il met lui-même en doute. Il s'interroge sur l'achèvement, le dévoilement et le sens de l'œuvre d'art : c'est son propre statut de romancier, problématique encore en ce début du XIXe siècle, que Balzac interroge là.

GROUPEMENT DE TEXTES : JUGEMENTS CRITIQUES

Les jugements et réflexions réunis ci-dessous ont été formulés à différentes époques par des écrivains ou critiques. Lisez-les et répondez aux questions posées.

LECTURES DU XIXe SIÈCLE

Lorsque les écrivains du XIXe siècle envisagent *La Comédie humaine*, ils insistent sur son ambition totalisante, celle de tout voir et de tout faire voir par une vaste peinture des mœurs. Mais sur la nature même de cette peinture, les jugements critiques divergent : procède-t-elle de faits observés ou de faits imaginés ? Balzac, observateur ou visionnaire ?

1. Balthazar Claës est le héros du roman *La Recherche de l'absolu* (1834).

TEXTE 9 • Charles Baudelaire, « Théophile Gautier »
L'Artiste (13 mars 1859)

J'ai mainte fois été étonné que la grande gloire de Balzac fût de passer pour un observateur ; il m'avait toujours semblé que son principal mérite était d'être visionnaire, et visionnaire passionné. Tous ses personnages sont doués de l'ardeur vitale dont il était
5 animé lui-même. Toutes ses fictions sont aussi profondément colorées que les rêves. Depuis le sommet de l'aristocratie jusqu'aux bas-fonds de la plèbe, tous les acteurs de sa *Comédie* sont plus âpres à la vie, plus actifs et rusés dans la lutte, plus patients dans le malheur, plus goulus dans la jouissance, plus angéliques dans le
10 dévouement, que la comédie du vrai monde ne nous les montre.

TEXTE 10 • Émile Zola, *Le Roman expérimental* (1880)

L'imagination de Balzac, cette imagination déréglée qui se jetait dans toutes les exagérations et qui voulait créer le monde à nouveau, sur des plans extraordinaires, cette imagination m'irrite plus qu'elle ne m'attire. Si le romancier n'avait eu qu'elle, il ne serait
5 aujourd'hui qu'un cas pathologique et qu'une curiosité dans notre littérature.

Mais, heureusement, Balzac avait en outre le sens du réel, et le sens du réel le plus développé que l'on ait encore vu. Ses chefs-d'œuvre l'attestent, cette merveilleuse *Cousine Bette*, où le baron
10 Hulot est si colossal de vérité, cette *Eugénie Grandet* qui contient toute la province à une date donnée de notre histoire. Il faudrait encore citer *Le Père Goriot, La Rabouilleuse*, *Le Cousin Pons*, et tant d'œuvres sorties toutes vivantes des entrailles de notre société. Là est l'immortelle gloire de Balzac. Il a fondé le roman contempo-
15 rain, parce qu'il a apporté et employé un des premiers ce sens du réel qui lui a permis d'évoquer tout un monde.

1. Comparez précisément ces deux jugements critiques. Comment mettent-ils en question le « réalisme » balzacien ? Quelles formes empruntent-ils et pourquoi ?

2. Dans quelle mesure peuvent-ils s'appliquer à *Sarrasine* et au *Chef-d'œuvre inconnu* ? justifiez votre réponse dans un paragraphe argumenté.

LECTURES DU XXe SIÈCLE

TEXTE 11 • Marcel Proust, « Sainte-Beuve et Balzac », *Contre Sainte-Beuve*

Dans le style de Flaubert, par exemple, toutes les parties de la réalité sont converties en une même substance, aux vastes surfaces, d'un miroitement monotone. Aucune impureté n'est restée. Les surfaces sont devenues réfléchissantes. Toutes les choses s'y peignent, mais par reflet, sans en altérer la substance homogène. Tout ce qui était différent a été converti et absorbé. Dans Balzac au contraire coexistent, non digérés, non encore transformés, tous les éléments d'un style à venir qui n'existe pas. Le style ne suggère pas, ne reflète pas : il explique. Il explique d'ailleurs à l'aide des images les plus saisissantes, mais non fondues avec le reste, qui font comprendre ce qu'il veut dire comme on le fait comprendre dans la conversation si on a une conversation géniale, mais sans se préoccuper de l'harmonie du tout et de ne pas intervenir. Si, dans sa correspondance, il dira : « Les bons mariages sont comme la crème : un rien les fait manquer », c'est par des images de ce genre, c'est-à-dire frappantes, justes, mais qui détonnent, qui expliquent au lieu de suggérer, qui ne se subordonnent à aucun but de beauté et d'harmonie, qu'il emploiera : « Le rire de M. de Bargeton, qui était comme des boulets endormis qui se réveillent, etc. » [...]
Il ne cache rien, il dit tout. Aussi est-on étonné de voir que cependant il y a de beaux effets de *silence* dans son œuvre. Goncourt s'étonnait pour *L'Éducation,* moi, je m'étonne bien plus des *dessous* de l'œuvre de Balzac.

1. Comment se répartissent l'éloge et le blâme dans ce texte ?

2. Pourquoi Proust déclare-t-il que chez Balzac « le style [...] n'existe pas » ? Quelle conception du style formule-t-il ainsi ?

3. Donnez des exemples de ces « images [...] frappantes, justes, mais qui détonnent, qui expliquent au lieu de suggérer », puis de ces « effets de silence » dans *Sarrasine* et dans *Le Chef-d'œuvre inconnu.*

TEXTE 12 • Michel Butor, *Le Marchand et le Génie* (1998)

Éditions de la Différence, 1998

L'art de Balzac n'est pas l'art idéal dont il rêverait ; c'est un art qui, dans une large mesure, est prostitué à la société contemporaine. Le pacte avec le diable est celui que Balzac a conclu avec son temps et qui lui permet, au moins dans une certaine mesure, d'être 5 reconnu par lui et, par conséquent, d'agir sur lui.

Dans cette nouvelle, Nicolas Poussin est le modèle de Balzac lui-même, qui se situe entre deux exemples de peintres ou d'artistes : l'un, un très bon peintre doué d'une grande sensibilité, Frans Porbus, le peintre officiel qui travaille pour le pouvoir en place et 10 qui le fait le mieux possible ; l'autre, Frenhofer, qui serait ce que l'on pourrait être si on ne suivait que son inspiration, son génie, si l'on en était capable. Alors on s'éloignerait de son temps, on ne serait plus compréhensible et donc on agirait au-delà de son temps. Balzac cherche à réaliser une œuvre compréhensible pour son 15 temps, dans laquelle celui-ci peut se reconnaître. Les *Études de Mœurs* seront pénétrées par une « volonté », un désir de transformation.

1. Quelles distinctions le texte établit-il entre les trois personnages de peintre du *Chef-d'œuvre inconnu* ?

2. Pourquoi Michel Butor désigne-t-il Poussin comme le porte-parole de Balzac ? Cette interprétation vous paraît-elle convaincante ?

3. Qu'est-ce qu'« agir sur son temps » ? Est-ce là pour vous le rôle de l'artiste ? Proposez une réponse clairement argumentée.

SUJETS

INVENTION ET ARGUMENTATION

Sujet 1

TEXTE 13 • Charles Baudelaire, *« Exposition universelle, 1855 »*

On raconte que Balzac (qui n'écouterait avec respect toutes les anecdotes, si petites qu'elles soient, qui se rapportent à ce grand génie ?), se trouvant un jour en face d'un beau tableau, un tableau d'hiver, tout mélancolique et chargé de frimas, clairsemé de
5 cabanes et de paysans chétifs, après avoir contemplé une maisonnette d'où montait une maigre fumée, s'écria : « Que c'est beau ! Mais que font-ils dans cette cabane ? à quoi pensent-ils, quels sont leurs chagrins ? les récoltes ont-elles été bonnes ? *ils ont sans doute des échéances à payer ?* »

10 Rira qui voudra de M. de Balzac. J'ignore quel est le peintre qui a eu l'honneur de faire vibrer, conjecturer et s'inquiéter l'âme du grand romancier, mais je pense qu'il nous a donné ainsi, avec son adorable naïveté, une excellente leçon de critique. Il m'arrivera souvent d'apprécier un tableau uniquement par la somme d'idées
15 ou de rêveries qu'il apportera dans mon esprit.

1. Dégagez dans ce texte les caractéristiques de l'apologue.

2. Quel regard Balzac porte-t-il sur la peinture, selon Baudelaire ? Ce jugement vous semble-t-il vérifié par l'utilisation que fait le romancier du tableau de Girodet, *Le Sommeil d'Endymion* (voir p. 152), dans *Sarrasine* ?

3. Quel est le rôle de la critique : informer, expliquer, juger, faire rêver ? Proposez une réponse argumentée en empruntant vos exemples à différentes formes de critique d'art : littéraire, picturale, cinématographique...

Sujet 2 : travail à partir de l'image

Le narrateur de *Sarrasine* imagine un récit à partir d'un tableau. À votre tour, composez un bref récit à partir de la gravure de Picasso (p. 153) en adoptant le point de vue du peintre, du modèle ou d'un observateur extérieur.

Le Sommeil d'Endymion, peinture de Anne Louis Girodet,
musée du Louvre, Paris.
ph © René-Gabriel Ojeda/RMN

Le Chef-d'œuvre inconnu, eau-forte de Pablo Picasso,
musée d'Art moderne, Paris.

COMMENTAIRES

Les extraits choisis pour faire l'objet de commentaires sont accompagnés d'un questionnaire de lecture visant à dégager une cohérence dans l'approche, une problématique possible pour l'analyse du texte et pour la rédaction du devoir.

Sujet 3

TEXTE 14 • *Sarrasine*

J'étais plongé [...] fréquent au bal.

> LIGNES 1-42, PAGES 45-46

Après avoir répondu aux questions suivantes, vous présenterez un commentaire de ce texte.

■ Indications pour traiter le sujet

Vous montrerez par exemple comment cet incipit remplit ses fonctions habituelles (informer, séduire et suggérer un mode de lecture) à partir d'une figure majeure, l'antithèse.

1. Montrez comment l'antithèse commande l'organisation interne du texte, puis comment la fin de l'extrait la dépasse.

2. Par quel regard découvre-t-on les deux espaces ? Quelle est la position du narrateur et de quelle nature est sa « rêverie » ?

3. Comment la description cherche-t-elle ici une dimension picturale ?

Sujet 4

TEXTE 15 • *Le Chef-d'œuvre inconnu*

Écoute, Gillette, viens [...] un grain d'encens.

> LIGNES 577-622, PAGES 27-28

Après avoir répondu aux questions suivantes, vous présenterez un commentaire de cet extrait.

■ Indications pour traiter le sujet

Vous montrerez par exemple comment, à travers un conflit que révèle la forme dialoguée, Balzac interroge la « nature artiste » et ses contradictions.

1. Relevez dans ce dialogue toutes les formes d'expression d'une rivalité.

2. Montrez que Gillette apparaît comme une figure du don et du sacrifice. Rapprochez-la du tableau de *Marie égyptienne* évoqué quelques pages plus tôt.

DISSERTATIONS

Sujet 5

Dans ses *Notes nouvelles sur Edgar Poe*, Baudelaire écrit en 1857 :

> La nouvelle a sur le roman à vastes proportions cet immense avantage que sa brièveté ajoute à l'intensité de l'effet. Cette lecture, qui peut être accomplie tout d'une haleine, laisse dans l'esprit un souvenir bien plus puissant qu'une lecture brisée, interrompue souvent par les tracas des affaires et le soin des intérêts mondains. L'unité d'impression, la *totalité* d'effet est un avantage immense.

En vous appuyant sur des exemples précis, vous commenterez et discuterez cette affirmation.

Indications pour traiter le sujet

Sarrasine et *Le Chef-d'œuvre inconnu* constituent un bon support (illustration/réfutation) pour cette dissertation.

Baudelaire propose ici une approche originale : l'opposition nouvelle/roman n'est pas envisagée du seul point de vue de la création, mais aussi de la réception, des effets sur le lecteur (effets à préciser). Vous vous demanderez comment les contraintes structurelles du récit bref (choix du sujet, traitement des personnages, du temps et de l'espace, art de la chute...) permettent d'atteindre « intensité, unité et totalité ». La présence d'un narrataire dans *Sarrasine* permet peut-être de mesurer cette réussite. Mais quelles sont les limites de cet éloge, et quels sont les enjeux véritables de cette citation polémique ? Tenez compte du titre, de la date de cet article et des préoccupations esthétiques de Baudelaire.

Sujet 6

Qu'est-ce qu'un chef-d'œuvre ?

Indications pour traiter le sujet

Vous pourrez vous demander ce qui distinguait, à l'origine, l'œuvre du chef-d'œuvre et ce qui les distingue aujourd'hui. À quels critères reconnaît-on le chef-d'œuvre ? Envisagez la question de la perfection esthétique, de l'originalité et de la réception (considérée dans son évolution) en vous appuyant sur des exemples précis.

BIBLIOGRAPHIE

Édition

La Comédie Humaine, sous la direction de P. G. Castex, Bibliothèque de la Pléiade, Gallimard.

Ouvrages généraux sur Balzac

Borderie Régine, *Balzac, peintre de corps*, Sedes, 2002.

Citron Pierre, *Dans Balzac*, Le Seuil, 1986.

Gengembre Gérard, *Balzac, le Napoléon des Lettres*, coll. « Découvertes », Gallimard, 1992.

Catalogues d'expositions

« Balzac et la peinture », musée des Beaux-Arts de Tours, Farrago, 1999.

« L'Artiste selon Balzac », Maison de Balzac, 1999.

Ouvrages et articles sur Sarrasine *et* Le Chef-d'œuvre inconnu

Barthes Roland, *S/Z*, Le Seuil, 1970.

Bonard Olivier, *La Peinture dans la création balzacienne*, Droz, 1969.

Didi-Huberman Georges, *La Peinture incarnée :* Le Chef-d'œuvre inconnu, éditions de Minuit, 1985.

Goetz Adrien, « Frenhofer et les maîtres d'autrefois », *L'Année balzacienne*, 1994.

Laubriet Pierre, *Un catéchisme esthétique* : Le Chef-d'œuvre inconnu, Didier, 1961.

Marin Louis, « Les secrets des noms », *Lectures traversières*, Albin Michel, 1992.

Massol-Bédoin Chantal, « L'artiste ou l'imposture : le secret du *Chef-d'œuvre inconnu* », revue *Romantisme*, 1986, n° 54.

Serres Michel, *L'Hermaphrodite*, GF-Flammarion, 1989.

Vernier France, « Le corps créateur ou l'artiste contre la nature », revue *Romantisme*, 1996, n° 91.

Filmographie

La Belle Noiseuse (1991), film français de Jacques Rivette, librement inspiré du *Chef-d'œuvre inconnu* de Balzac, avec Michel Piccoli et Emmanuelle Béart.

Collection Classiques & Cie

6 Abbé Prévost
Manon Lescaut

41 Balzac
Le Chef-d'œuvre inconnu - Sarrasine

11 Balzac
Histoire des Treize
(Ferragus - La Duchesse de Langeais
La Fille aux yeux d'or)

3 Balzac
La Peau de chagrin

34 Balzac
Le Père Goriot

20 Baudelaire
Les Fleurs du mal

15 Beaumarchais
Le Mariage de Figaro

2 Corneille
L'Illusion comique

38 Diderot
Jacques le Fataliste

17 Flaubert
Madame Bovary

4 Hugo
Le Dernier Jour d'un condamné

21 Hugo
Ruy Blas

8 Jarry
Ubu roi

36 La Bruyère
Les Caractères
(De la ville - De la cour
Des grands - Du souverain
ou de la république)

5 Laclos
Les Liaisons dangereuses

14 La Fayette (Mme de)
La Princesse de Clèves

12 Marivaux
Le Jeu de l'amour et du hasard

30 Maupassant
Bel-Ami

18 Maupassant
Nouvelles

27 Maupassant
Pierre et Jean

40 Maupassant
Une vie

1 Molière
Dom Juan

19 Molière
L'École des femmes

25 Molière
Le Misanthrope

9 Molière
Le Tartuffe

10 Musset
Lorenzaccio

26 Rabelais
Pantagruel - Gargantua

31 Racine
Andromaque

22 Racine
Bérénice

23 Racine
Britannicus

7 Racine
Phèdre

37 Rostand
Cyrano de Bergerac

16 Rousseau
Les Confessions

32 Stendhal
Le Rouge et le Noir

39 Verne
Le Château des Carpathes

13 Voltaire
Candide

24 Voltaire
L'Ingénu

33 Voltaire
Zadig

Achevé d'imprimer en Italie par Rotolito Lombarda - Pioltello
Dépôt légal: 59288 - Novembre 2006